人類人々の喜びと悲しみの四〇九の詩歌・言葉

ゲーテ・モーツァルト・
ベートーヴェンからヒトラー、
そしてヴァイツゼッカー・コール・
現代へ

小倉正宏 編著
Ogura Masahiro

澪標

人類人々の喜びと悲しみの四〇九の詩歌・言葉

—ゲーテ・モーツァルト・ベートーヴェンからヒトラー、そしてヴァイツゼッカー・コール・現代へ—

小倉正宏編・著

目次

一章　『ファウスト』

ドイツの国民的作家ヨハン・ボルフガング・フォン・ゲーテ（一七四九―一八三二）が二十代半ばよりの生涯をかけた作品。発表は死後にと遺言される。「人間の本質と本性」を最もよく表している作品としてドイツだけでなく世界で語られている。

ゲーテは自らの国の内だけにとどまる偏狭な人の有り様と考え方を好まなくて、国際社会に広く開かれ学んでいた。これがあり旅行が好きでヨーロッパの各地に滞在して、更には当時のロシアや中近東そしてインドの国々の事情もかなり知っていた。ナポレオン（一七六九―一八二一）は『若きヴェルテルの悩み』を読み感動し敬愛して、後にゲーテと会見する時を持っている。会見の際にナポレオンは「ここに人間がいる」と語っている。これは一八〇八年のことでナポレオンの全盛期である。ナポレオンは配下に置いた大半のヨーロッパの諸侯をエアフルト（ワイマールの直ぐ西に所在）に集める。この時ゲーテはワイマール領邦国の高官であり、アウグスト公（ゲーテをまことの兄のように信頼し慕っていた）に伴われてエアフルトに出向いていた。

地上から天上までのあらゆる学問も名誉も究めた老齢のハインリヒ・ファウスト博士は「おれの人生はまるで虚しい、生命の喜びがない」と苦悩する。悪魔のメフィストフェレスと「おれを若者にしてくれるなら、死後におれの魂をおまえに託する」と契約を交わし若者になり、人生を新たにはじめる。

ゲーテは『ファウスト』の執筆を幾度も断念するが、その都度自分より十歳若い親友シラー（一七五九―一八〇五）に励まされ霊感をあたえられ、死の床に就くまで書き続ける。シラーが亡くなると「わたしの半分がなくなった」と悲嘆にくれる。ゲーテは音楽家ではモーツァルト（一七五六―一七九一）とベートーヴェン（一七七〇―一八二七）を好んでいた。

二十世紀を代表する作家の一人トーマス・マン（一八七五―一九五五）と科学者のアインシュタイン（一八七九―一九五五）はゲーテを『最高の詩人であり賢者である』と深く敬愛している。

1　私の眼につくものは、ただ人間どもが無闇に苦しんでいることとです。この、地上の小神様はいつも同じ具合にできていて、天地開闢の日と同じく変ちきりんな存在です。せめてあいつらに天の光の影などお与えにならなかったら、ちっとはましな生活ができたんでしょうがね。

2　ああ、これでおれは哲学も、法学も、医学も、また要らんことに神学までも、容易ならぬ苦労をしてどん底まで研究してみた。それなのにこの通りだ、可哀そうにおれという阿呆が。

3　神の似姿であるおれは、もはや自分が、永遠の真理の鏡に近接しえたものと自惚れ、天上の光輝と澄明との境に身をおいてみずから楽しみ、地上の子の殻を脱ぎすてた気でいた。

4　おれは神々などに似てはおらぬ。それは骨身に徹してわかっている。おれの似ているのは、塵芥の中にもぐりこんでいる虫けらだ。

5　おれの胸には、ああ、二つの魂が住んでいて、それが互いに離れたがっている。一方のやつは逞しい愛欲に燃え、絡みつく官能をもって現世に執着する。他のものは無理にも塵の世を離れて、崇高な先人の霊界へ昇ってゆく。

6　人間という馬鹿げた小宇宙は、通常自分を全体だと思いこんでいますね――私などは、初めは一切であったところの部分の、そのまた部分です。光を生んだ闇の一部分なんです。

7　一切の知識には、とっくに嘔吐を催している。官能の深みにはまり込んで、燃える情熱をしずめさせてくれ。

8　人間精神のあらゆる宝をかき集めてみたが、結局こうして座ってみると、何ら新しい力が内から湧いてはこない。おれは毛の幅ほども身の丈が伸びていず、一歩も無限というものに近づきはせぬ。

9　特に、女の操縦術を学びたまえ。女の訴えるかゆいところは千差万別だが、これを治すべき勘どころは、ある一点にきまっている。

10　いやな歌だな。チェッ、政治の歌なんか。たまらん歌だ。
毎朝神に感謝するがいいや、おまえたち、神聖ローマ帝国（ドイツ）なんかにかまう必要がないことをな。

おれは少なくとも、自分が皇帝や宰相でないことを、なみなみならぬ儲け物だと思っている。

11　近頃はとんとしけ続きだ。金さえありゃ、私だって分別顔していられますよ。

12　悪魔はとうからお伽噺の本のなかに封じこまれた。けれども、そのため人間はちっとも善良になっていやしない。悪魔からは逃れたが、悪魔みたいな人間が沢山いるもんだ。

13　あなた、学芸の道は、昔も今もおんなじだ、三つが一つだの、一つが三つだのといって、真理の代りに迷妄を流布することは、いつの時代でも変りがないんです。

14　みんな、お金が目当て、お金次第。ああ、わたしたち貧乏人はつまらない。

15　男と女を造った神は、すぐにまた、自分で取持役をつとめるのが、最も貴い天職だと気がついたんですぜ。

16　こういう小っぽけな頭は、出口が見つからないと、たちまち土壇場のことばかり考えたがる。

17　糞と火から生まれた出来損いめ。

18　人のしたことが黒いと見えると、まだその黒さが足りないように思って、いっそう黒く塗ったんだわ。

19　血を流したことのない短刀もなければ、至極丈夫なからだの命取りのきつい毒をつきこんだことのない杯もございません。愛らしい女をたらしこまなかった飾りの品もなく、盟った友を裏切って、相手をうしろから突き刺したことのない剣もございませんよ。

20　林檎は楽園のむかしから、男の方の好きなもの。わたしゃ女だ、嬉しいわ、うちの庭にもなっている。

21　いつか見たぞよ、凄い夢、立木に割目がついていた、それには大きな穴があり、ひどくでっかいが気に入った。

22　無憂会、これがわしらの、陽気な仲間の名前なんだ。もう足で歩ける時世じゃない、わしらは頭で歩く主義。

※無憂会は世の中がどうであろうとどうなろうと、地に足のついた実直な生ではなく、自分の頭だけで都合よく生きる人々。

23　おれにはただ一人の苦しみだけで、骨髄をえぐられるような思いがする。それなのに貴様は、幾千という人の運命を、平気でせせら笑っているのだな。

24　大勢ひとが押し寄せてくる。でもちっとも音がしないわ。広場も、往来も、溢れるほどの人並みだわ。鐘が鳴らされ、杖が折られる。人がわたしを縛って、括りあげるわ。もうわたしは首切り台に引っ張られてきた。わたしの首筋に閃く白刃を、もうみんなは自分の首に感じている。世界中が墓場のようにひっそりしていること。

※杖が折られるは死刑執行を宣言される。

25　ああ、おれは生まれてこなければよかった。

※ハインリヒ（ファウスト）との恋ゆえに罪を犯し処刑されるグレートヘンへのハインリヒの呻き。

26　わたし、あなたが怖いわ。

※自分を処刑される身にさせたハインリヒを怖がると同時に、生きのこるハインリヒの行末を案じるグレートヘンの最後の言葉。

27
（内部より、次第に遠くへ消えるように）ハインリヒさん！ハインリヒさん！

28
いく時か早や過ぎ去りて、悩みも幸も共に消えぬ。
予め知れよ、汝は癒えなん。
新たなる夜明けをたのめ。
谷々は緑し、岡は高まり、茂る木立もて憩いの陰をつくれり。
しろがねの波と揺るるは、とりいれを待つ穀物の穂ぞ。

29
かくて世の中は秩序を失ってばらばらになり、
秩序にしたがっている者は無価値になってしまいます。
そうすると、われわれを正義に導く唯一の、
分別というものがどうして発達しえよう。
廉直な人間でも、おしまいには、おべっか者や賄賂をつかう者に款をつうじ、
罪を罰する力のない裁判官は、結局犯罪者の仲間となるのです。

※款をつうじるは内通する。

30
新しい言葉が気にいらないほど度量が狭いんですか。
これまで聞き慣れたことだけを聞きたいんですか。
これからはどんな言葉が聞こえようが気にしちゃいけません。
もうずいぶん不思議なことに慣れておいででしょう。

31
お前たちは平和を夢みているのか、夢みたいものは、夢みるがよい。
戦争！これが合言葉だ。勝利！とつづいて響くのだ。

32
平和な日にありながら、戦争を起こしたがるものは、希望の幸福から離れた人ですわ。

33
この国が、危険な時代に危険の中へと生みだし、
自由な精神と限りない勇気を備え、自分の血を流すことを厭わぬ人々、
抑えることのできぬ神聖な衝動のため、戦うすべての人々に
私の参加が効果をもたらせ！

※この詩句での「私」は人類人々の正しさと義のゆえに自らの生命を捧げることを厭わないで戦う人。

34
なんという恐ろしい、気味の悪いことだ。では死がお前の天命だというのか。

35
あの、この上ない不幸な日に全国民が血を流しつつ沈黙している時。
でも、新しい歌を蘇らせなさい、これ以上、うなだれてはいけません。
大地は、これまでも歌を生み出したように、またそれを生みだすのですから。

36
大違いだ。この地球にはまだ、
偉大な仕事をなすべき余地がある。
驚嘆すべきことが成されなければならぬ。

37
権利と忍耐をもっている者にはいずれ時節が到来します。
※権利は人の人間としての生まれながらの天賦の権利

38

あすこに私は広く周囲を見渡すため、枝から枝に足場を作りたい。
遠くまで視線がおよぶようにして、自分のなした一切の仕事をながめ、
賢明な識見をもって、人民の広い住み場所をつくり出した
人間精神の傑作をひと目で観望したいものだ。

39

知恵の最後の結論はこういうことになる。
自由も生活も、日毎にこれを闘い取ってこそ、
これを享受するに値する人間というものだ、と。
従って、ここでは子供も大人も老人も、
危険にとりかこまれながら、有為な年月を送るのだ。
おれもそのような群衆をながめ、自由な土地に自由な民とともに住みたい。
そうなったら、瞬間に向かってこう呼びかけてもよかろう。
留まれ、お前は如何にも美しいと。
この世におけるおれの生涯の痕跡は、幾千代を経ても滅びはすまい。——
このような高い幸福を予感しながら、おれはいま最高の瞬間を味わうのだ。

40
おれには手ごわく逆らった男だが、時には勝てない。
おいぼれは砂の中に倒れている。時計は留まった――

41
針は落ちた。事は終わった。

42
霊界の気高い人間が悪から救われました。
「絶えず努め励むものを、われらは救うことができる。」

43
官能の弱みにひきずりこまれると、容易にあの人たちを救うことはできません。
誰が自分の力で情欲の鎖を断ち切ることができましょう。
斜めになった滑らかな床の上ではどんなに早く足をすべらすことでしょう。
眼差や会釈や媚びを含んだ呼吸に心を惑わされない人があるでしょうか。
※「斜めになった滑らかな床の上」は「自分の愛し受け入れを待つ恋人」の喩えでもある。

44
世に類ないおん方よ、光明に満ち溢れるおん方よ、
どうぞ私の幸に対し、お恵み深く、お顔をお向けくださいまし。

むかし恋い慕った方で、今はもう濁りのない方、あの方が帰って参りました。4

45
さあ、もっと高い空にお昇り。
その人もお前に気づけばついてゆきます。

46
神秘の合唱
すべて無常なものはただ映像にすぎず
及び得ざるもの、ここに実現せられ、名状しがたきもの、ここに成し遂げられぬ。
永遠なる女性はわれらを引きて昇らしむ。

※「永遠なる女性」は具体的にはハインリヒ・ファウストとの恋のゆえに罪を犯し刑死するグレートヘンであり、グレートヘンはその最期までハインリヒを愛している。そしてここでの「永遠なる女性」はグレートヘンの具体性をも昇華した「永遠の愛の所在」である。
※ゲーテは生涯の最期まで諸々の会話と文筆に明晰であり、多くの知人とおびただしい手紙の遣り取りをしていた。臨終を迎えた室には主治医を含めて数人の親しい人がいた。
　そしてゲーテの「最期の言葉」は「もっと光を！」であり、これをその場に居合わせた人すべてが聞いている。そしてこの「もっと光を！」の最期の言葉が臨終に立ち合った人をはじめとし

ていろいろな人に取り沙汰され論争される。

臨終の場にいた人はこれから瞑目するゲーテには窓から射し込む光は眩しかろうとブラインドを引き下げる。ところがゲーテはこれを不快として、「もっと光を！」とブラインドを上げさせる。この場面は確かであろうが、ゲーテはその最期の瞬間まで明晰であった事実を知ると、世の多くの人々が思っている「この人の世にもっと光を！」の理解は実にふさわしい。今の日本にあっても、古代より現代にもひきつづいて、多くの人々は「自らの臨終時にのこす言葉」を前以て考え抜き用意する。

ゲーテの最期の言葉は、世の多くの人々が思っているように、「人の世にもっと光を！」が真意でもある。実際ゲーテの生涯は「人の世にもっと光を！」がその果てるまでの生であった。

あなた（読者）の思い・言葉

二章　ドイツの成立と歴史

ドイツとフランスとイタリアは共通の始祖を持つ。歴史的には現代のドイツ・フランス・イタリアを中心国とするEU（ヨーロッパ連合）の形成はその過去時当初での再現でもある。

47　八〇〇年、カール大帝（七四二―八一四）。フランスではシャルルマーニュ大帝、イタリアではカルロス・マグヌス大帝）が西ヨーロッパキリスト教圏に『フランク帝国』を建てる。ローマ教皇より西ローマ帝国の帝冠を授けられる。

大帝の死後の二九年、三人の孫息子はライン川東方域のドイツ地域、西方域のフランス地域、南方域のイタリア地域を分割相続される。

48　九六二年オットー大帝（九一二―九七三）がドイツ域にローマ帝国を継承するものとして『神聖ローマ帝国』を建て初代皇帝に即く。ローマはこれを承認する。大帝は自らの合法性を正当化するために『ライヒスターク（帝国議会）』を設置する。各領邦国の領主（貴族）にとっては、自らの合法性と皇帝を制御する議会設置となる。

49　大土地所有の領主たちは自らを本来自由である人間である騎士とした。領邦国の君主に奉仕する時にはふさわしい庇護と待遇の契約を交わすとした。互いは契約を遵守すべきであるとして、どちらかが契約に違背した場合には、契約は無効であるとされた。

※騎士は文字通り馬上の戦士である。馬上の戦士となるには強悍な馬、馬具、武具、甲冑、従者、世話人を要して、財政力の裏付けがなくてはならない。これがあり騎士は大土地所有の領主であり、貴族或いは下級貴族となる。なかには下層民から騎士となるものもいた。

歴史的に大事であるのは貴族・騎士は『自由な人間』と自らを位置づけていたことである。『自由』はそれと同時に自らに『人間としての誇り』である『その大小はあるにしても政治的権利をも自らに保持していること』である。この『自由な人間』が歴史の推移につれて貴族・騎士よりブルジョワ（富裕市民）、シティズン（市民）、有産労働者、労働者・女性へと拡大して、現代にあっては多くの国々で誰もが人民（市民）として、『自由と選挙権・被選挙権を有する政治的権利を有する人』になっている。

歴史の推移とは無権利におかれている人たちが辛くて厳しい粘り強い闘争の末に『基本的人間権』を一つ一つ獲得してゆく過程である。現代社会にあってかなりの国々で当たり前とされている人民普通選挙と男女平等は過去人類人々の久しい世紀にわたる苦痛と苦悩のたたかいによってもたらされている『人間的基本権』である。

しかし人民普通選挙があるとしても、人民（市民）が自分たちの代表者そして政党を現実には選出できない国々がこれまたかなり多い。これらの国々は独裁体制ないしは全体主義体制であり、『基本的人間権』があるとは言い難い。『人間的基本権』の有と無、これが現代の人類社会でのそれぞれの国と地域の実状である。人類人々は未だ後進の人間抑圧の有り様から先進の人間的在り方をめざしている発展途上にある。

50　十三世紀、北ドイツに北方海域を商圏とする貿易商人と都市を中心にしてハンザ同盟ができる。領邦国の領主には経済的実力のある有力な市民層（ブルジョワジー）と自治的都市が台頭することになる。しかし殆どの女性、零細農民、労働者、身体障害者、疫病者は下層民とされた。

51　十五世紀にグーテンベルク（一四〇〇―一四六八）が活版印刷術を発明する。皇帝・貴族・聖職者の一部特権者に独占されていたキリスト教聖書と学術知識は各国で大量に印刷されて流布されるようになる。グーテンベルク自身は貧困のうちに亡くなる。

52　十五世紀末にアルブレヒト・デューラー（一四七一―一五二八）が現れて、ドイツ絵画に大変革をもたらす。デューラーはルネサンス最中の先進地イタリアに学び、絵画の意味と理論を学び、これをドイツにもたらす。デューラー自身も画家としての矜持を強く持つ。同時代人のオランダのエラスムス（一四六六―一五三六）、後世のゲーテそしてフランスのロダン（一八四〇―一九一七）はデューラーを高く評価している。

※デューラーはこれまでの生業の画工としてではなく、画家として人間の誇りをつよく持つ。近世・近代の人間として自らの職業・仕事に誇りを持つはしりである。これが現代へと続く。

53　十六世紀、マルティン・ルター（一四八三―一五四六）が現れ、一五一七年にローマ教皇レオ十世の免罪符販売の弾劾状を公表する。これには「イエスの贖罪の恵み（福音）」がキリスト教の真義であるとした。これより従来のキリスト教は旧教ローマカトリック教、新たなキリスト教は新教プロテスタント教とされるようになる。

54　三十年戦争（一六一八―一六四八）は「ドイツ人は根絶やしになった」とされる旧教派と新教派との互いに妥協のない酷い戦争であった。当時の北方の大国スウェーデンを含む周辺の国々がドイツ国内で互いの蹂躙と殲滅の戦いを行った。このために十三世紀より続いていたハンザ同盟は消滅する。ドイツは周辺国より二世紀間は立ち直れないとされた。実際には次世紀には何とか立ち直る。

この長期にわたる残酷な戦争で、多くの人々は思想・信条・宗教での争いは互いの妥協がなく偏狭で無慈悲で悲惨であり、思想・信条・宗教は互いに自由であり、各人には人としての尊厳を尊重して寛容であるべきとの人間思想（人文思想）が広がる。

55　三十年戦争で神聖ローマ帝国（ドイツ）は有名無実と化す。各領邦国は独立国化する。東はウィーン、西はライン川各市、北はベルリン、南はミュンヘンがそれぞれの有力な領邦国の中心都市である。西部ドイツはフランス文化の影響、北部ドイツは後れた農業域、南部ドイツはイタリア文化の影響が強い。このような状況にあってウィーンを本拠とするハプスブルク家が十五世紀以降は神聖ローマ帝国皇帝に即いており、ウィーンは有名無実化しているとはいえ神聖ローマ帝国（ドイツ）の実質首都である。ウィーンを中心とするオーストリアはドイツ語で「東の（ドイツ）帝国」の意味である。

56　一八〇六年、フランス第一帝政の皇帝になったナポレオンはライン川南部のドイツ諸領邦国にライン同盟を結ばせてこの地域を味方につけ近代化（人民思想）を促進させる。そして更にはフランス軍をウィーンに進撃させて神聖ローマ帝国の消滅を宣言する。神聖ローマ帝国内の諸領邦国はフランス帝国との同盟・友好・中立・敵対でそれぞれの立ち位置が違う。

57　一八一二年、ナポレオンのロシアへの大遠征軍はロシア帝国軍の頑強な抵抗と冬将軍で惨敗する。これが契機となり、翌年には旧神聖ローマ帝国内で反ナポレオン・フランスの蜂起が多くの領邦国で起こる。

58　フランス革命とナポレオンの没落後、ヨーロッパ諸国の代表がウィーンに集まり、ヨーロッパの旧秩序への復帰会議（ウィーン会議。一八一四―一八一五）を行う。現代のヨーロッパ国境はこの会議でほぼ決定される。中立国としてのスイスが正式に決定する。

59　一八一五年、旧神聖ローマ帝国内にドイツ連邦ができる。ウィーンを首都とするオーストリア帝国、ベルリンを首都とするプロイセン王国、ミュンヘンを首都とするバイエルン王国、これらにそれぞれの領邦と自由都市の連合国家であり、フランクフルトに連邦議会（国民議会）を置いた。帝国、王国、領邦、自由都市は独立国である。十八世紀半ば以降には産業革命に入る先進のイギリスとフランスは統一国家を形成しており、ドイツ連邦は各独立国の状況であり後進の国にとどまる。

60　一八三〇年頃より産業革命が起こる。これはイギリスとフランスに比べるとほぼ八十年の後れである。ドイツ連邦内では北方のベルリンのあるプロイセン王国とライン川沿いの地域が産業革命の推進地となる。これがあり新たに台頭するプロイセンと神聖ローマ帝国の後継を自認するウィーンのハプスブルク家のオーストリア帝国がドイツの統一をめぐって対立するようになる。

61　一八四〇年、多くの帝国・王国・領邦国で鉄道が大規模に敷設されるようになる。

62　一八六六年、オーストリア帝国とプロイセン王国がドイツ連邦の主導権の争いで戦端を開き、プロイセンが勝利する。多くの領邦国はオーストリアを支援する。プロイセンはドイツ連邦を解散して北ドイツ連邦を形成する。これよりプロイセンがドイツを代表する強国になる。

※プロイセン王国はホーエンツォレルン家のブランデンブルク辺境伯が一七〇一年に神聖ローマ皇帝より王位を与えられて王国となる。中心地はベルリンである。プロイセンはフリードリヒ二世とハプスブルク・オーストリア王マリア・テレジアとのフランス、イギリス、ロシアの周辺強国をも巻き込む王位継承戦争（一七四〇―一七四八）と七年戦争（一七五六―一七六三）での死

闘を経て神聖ローマ帝国内での強国になっていた。

　オーストリア・プロイセン戦争に敗れたオーストリア帝国は立て直す上で翌年の一八六七年に帝国内のハンガリー王国とアウスグライヒ協定（調停協定）を結び、ハプスブルク家のオーストリア・ハンガリー帝国を形成する。それぞれの君主はオーストリア帝国は皇帝、ハンガリー王国は国王で、内政権は独立であり、軍事・外交・財政はハプスブルク帝国が持つ。中心地はウィーンであり、ハプスブルク帝国はドイツ人が中心ではあるが、同時に多民族国家になる。

63　一八七〇―一八七一年、プロイセンとフランスが戦争して、プロイセンが勝利する。これでナポレオン三世のフランス第二帝政は崩壊する。

64　一八七一年、フランスのヴェルサイユ宮殿の『鏡の間』でプロイセン王ヴィルヘルム一世が旧ドイツ連邦内の代表者を集めてドイツ皇帝即位を宣言して、ドイツ帝国が成立する。フランスの象徴であるヴェルサイユ宮殿でのドイツ皇帝即位は両国に抜き差しならない確執を後世にまで残す。

65　一八八六年、最初の自動車ダイムラーが作られる。十五年後にはベルリン―パリの間での自動車レースが行われる。人類社会の車社会が始まる。

アメリカ政府の一日八時間労働決定を受けて、ドイツを含めてヨーロッパ諸国に労働者福祉施策が採り入れられるようになる。これにはカール・マルクス（一八一八―一八八三）の『共産党宣言』に鼓舞されて人々の間に社会主義の人気の集まりを阻止する意図があった。これは大局的には労働者福祉政策が各国の重要な社会政策になってゆく。

66　一九一四年七月、第一次世界大戦が勃発する。交戦国の主体勢力であるドイツもフランスも互いに戦争が四年間も続くとは誰も予想していなかった。人類社会はこれより国家間の戦争は国家総動員体制の人々に多大な死傷者をもたらす危険な総力戦時代へと入る。

67　一九一八年十一月、ドイツ国内に兵士・市民の革命が起こり、ドイツは敗戦を受け入れて、第一次世界大戦は終結する。ドイツ帝国は消滅して、ドイツ共和国になる。ハプスブルク帝国（オーストリア・ハンガリー帝国）は解体する。ドイツ共和国は翌年社会民主党のエーベルトを初代大統領に選び、先進的な民主的国法のワイマール憲法が施行される。

68　一九三三年一月三十日、大統領ヒンデンブルク（第一次世界大戦時のドイツ帝国軍参謀総長）

が国家社会主義ドイツ労働者党党首（ナチス党党首）のアドルフ・ヒトラーをドイツ・ワイマール共和国の首相に任命する。三月二十四日、ヒトラーは「国民と国家の国難を除去する法（全権委任法）」を議会で獲得する。ナチス党を除く政党は解散させられ、ワイマール憲法は実質には廃棄され、ドイツ共和国は「ドイツ第三帝国」となる。このドイツに違背する人たちを逮捕拘禁する強制収容所が設置される。これでもって共産党員、社会民主党員、民主主義者そして良心的キリスト教徒の壊滅をめざす。

69　一九三九年九月一日、ドイツ軍がポーランドを奇襲して第二次世界大戦が始まる。一九四一年六月にはソ連に宣戦して侵攻する。

70　一九四四年七月二十日、陸軍大佐シェンク・フォン・シュタウフェンベルク伯爵のヒトラー暗殺計画が失敗する。これに関わったとしておびただしい将兵と市民が処刑される。

71　一九四五年五月七日―九日、ドイツ国防軍が連合軍に無条件降伏をする。連合国軍事司令部（アメリカ・ソ連・イギリス・フランス）がドイツの全権を掌握して、連合軍四ケ国はドイツを四分割してそれぞれの管轄支配域とする。

72　一九四七年、アメリカ・イギリス・フランスはドイツ連邦共和国（西ドイツ）の成立を承認する。

73　一九四九年、ソ連はドイツ民主共和国（東ドイツ）の成立を承認する。

74　一九四八年―一九四九年、ソ連がドイツ連邦共和国に属する西ベルリンを封鎖する。アメリカ・イギリス・フランスは空輸によってベルリンに物資を運ぶ。これで東西ドイツの分割は決定的になる。一九六一年八月に東ドイツは有刺鉄線とブロックで西ベルリンをとり囲み、これが総延長百五十キロメートルほどの堅固なベルリンの壁へとなってゆく。
　翌年の一九六二年にはキューバ危機が起こり、国際社会は第三次世界大戦勃発の危機に怯える。アメリカ、ソ連、ヨーロッパ諸国には核戦争に備えたシェルター（退避所）が現実に作られる。アメリカ合衆国大統領ケネディとソ連首相フルシチョフは米ソの偶発戦争を未然に防ぐべくワシントンとモスクワにホットラインを引くことに合意して、オーストリアのウィーンにあるシェーンブルン宮殿で合意調印する。

※この当時には中立国のスイスでも核シェルターの設置が法的に義務づけられる。市民にはこれは大きな経済的負担になった。米ソの一触即発の冷戦が緩和される時代になると、核シェルターの多くはワイン貯蔵庫へと転用され、法的義務は解除される。

75　一九四九年五月二十三日、ドイツ基本法（憲法）の発効。前年度より基本法制定の専門家の委員がドイツ共和国時代のワイマール憲法を基本に据えて、ドイツ連邦共和国の基本法草案を練りあげた。これをキリスト教民主同盟・キリスト教社会同盟の議会評議員二十七名、社会民主党二十七名、自由民主党五名、中央党とドイツ党と共産党の各二名の六十五名が更に合議して決定した。これが翌一九四九年アメリカ・イギリス・フランスの了承下にあって議会の多数で可決された。

76　一九五一年、ドイツとフランスの恒久的平和と共存をめざすフランス外相ロベール・シューマン（一八八六―一九六三）の提唱でフランスとドイツの間に欧州石炭鉄鋼共同体が形成される。

77　一九六七年、ドイツ、フランス、イタリア、ベルギー、オランダ、ルクセンブルクは相互の依存と協同の共同体市場であるヨーロッパ共同体（ＥＣＣ）を形成する。

78　一九八九年十一月九日、ドイツ民主共和国は西ベルリンと連邦共和国との国境を開放する（ベルリンの壁の崩壊）。

79　一九九〇年十月三日、ドイツ民主共和国で自由選挙で選ばれた人民議会は、連邦共和国の基本法に基づいてドイツ連邦への加盟を決議する。アメリカ、ソ連、イギリス、フランスの承認を得て、ドイツは再び統一国家になる。これに伴い首都は連邦共和国時代のボンよりベルリンに移される。この時の連邦共和国首相はキリスト教民主同盟のヘルムート・コールである。

80　一九九一年、マーストリヒト条約が締結されて、ヨーロッパ共同体はヨーロッパ連合（EU）となり、ヨーロッパ諸国の大半が加盟国になる。マーストリヒト条約は将来にはヨーロッパ合州国をめざす。

この年の十二月、ソ連は解体する。

81　二〇〇二年、ヨーロッパ連合（EU）は共通通貨ユーロをドイツ・フランス・イタリア……の賛同国に導入する。ドイツのマルク、フランスのフラン、イタリアのリラ……の各通貨は廃される。ＥＵ内の大国イギリスは自国通貨ポンドをユーロには組み入れない。

82　二〇一〇年、この年前後よりイラク・シリアを始めとする中近東のイスラム諸国よりの難民がＥＵ内に多く逃れてくる。またＥＵに加盟した東欧諸国の生活安定をめざす人々がかなりドイツ、フランス、イギリス……の先進国にＥＵ域内自由通行でやってくる。

83　二〇一六年、イギリスではイスラム諸国からの難民の受け入れと東欧諸国からの生活安定をめざす人々の流入をめぐって、ＥＵ離脱問題がはげしく起こり、国民投票でＥＵ離脱を決定する。

二〇一七年六月十七日、ヨーロッパ諸国の和解と平和を追求したヘルムート・コール元首相が亡くなり、ＥＵ本部のあるブリュッセルで『ＥＵ葬』が執り行なわれ、ＥＵ歌のベートーヴェンの第九交響曲とドイツ国歌が奏せられる。九月二十五日、ＥＵの民主体制擁護と避難民受け入れを堅持するキリスト教民主同盟のメルケル首相が四選される。

あなた（読者）の思い・言葉

三章　最も愛すべき人・ウィーンに生きたモーツァルト（一七五六―一七九一）

ベートーヴェン（一七七〇―一八二一）はモーツァルトを深く敬愛していた。これは生涯変わることはなかった。ゲーテはモーツァルトの音楽を大変好んでいた。子供時代のモーツァルトが父親に伴われて演奏旅行をした際のピアノ演奏を会場で聞いている。しかしモーツァルトはこのことを知るよしもなかった。その経緯は不明であるが、モーツァルトはゲーテの詩より歌曲を一つ『すみれ』を作曲している。

オーストリアのザルツブルクにモーツァルト一家が過ごしたささやかな住まいが今でもある。音楽家の父親と子どもたちの使った楽器がそのままにあり、モーツァルトの書簡も多く残されている。

ザルツブルクには街を真ん中で分けるザルツッハ川が清らかに流れ、京都の鴨川の趣によく通じている。夜に鴨川に架かる橋より見上げる天空の星座もザルツッハ川に架かる橋より見上げる天空の星座もまるで同じであり、時を忘れて夜空を見つめてしまう。そしてモーツァルトはその天空にひときわ明るく煌めく星辰に思えてしまう。

84
最愛のパパ！
僕は詩のように書けません、詩人ではないから。文句を巧く配置して、影と光が生じるようにはできません、画家ではないから。手振りや身振りで、気持や考えを表すことさえできません、舞踊家ではないから。でも僕は、音をもってなら、それができます。僕は音楽家です。

85
僕は妻を幸福にしようと思うけれど、妻によって自分の幸福を作ろうとおもいません。だから、自分で妻子を養うことができるようになるまで、それはやめておいて、金持の自由を楽しみたいと思います。

※この「金持」は「金を持っていること」

86
僕たちは高貴でも名門でも貴族でもなく、また金持でもなく、身分が低く単純で貧しいもの、われわれの富はぼくたちが死ぬと同時になくなってしまうのだから、金持の妻は必要ないわけです。ぼくたちの富は頭の中にあるのですからね。

87
たとえヨーロッパの最高のピアノを弾かせてもらっても、聴く人が何も分からないか、何も分かろうとせず、何を弾いても、ぼくと一緒に感じないような人たちだったら、ぼくはすっかり喜びをなくしてしまいます。

88 どんな医者も、人間も、不幸も、偶然もわれわれに生命を与えることも奪うこともできない、それがおできになるのは神だけだ、ということを、ぼくは信じています。そしてだれが何といおうとその考えは棄てません。

89 最良の友よ！
友よ、私と一緒に悲しんで下さい！　今日は私の生涯でいちばん悲しい日でした。これを書いているのは、夜中の二時です。どうしてもあなたに言わなければなりません。母は、私の愛する母はもういないのです！　神がお召しになりました。神が母をお望みなったのです。私はそれをはっきり悟りました。

90 金持は友情というものを、まったく知りません！　特に生まれた時からの金持は。そして幸運のおかげで金持になる者は、その幸運の環境の中で、己を失うことが往々にあります！　しかし、盲目的ではない正当な幸運によって、功績によって、有利な環境に置かれる男、初めの困難な状況の中でもけっして勇気を失わず、宗教を、そして神への信頼をもちつづけ、善いキリスト教徒、正直な男として、真の友人を尊重することを心得ている男、一言でいえば、幸運をかち得た男、そのような人からはどんな禍も受けるおそれはありません！

91　最善の父や最愛の姉と一緒に平和と安息のうちに暮らせます。自分のしたいと思うことができます。勤めの時のほかは、自由なのですから。いつでもパンがあり、好きな時に出かけられ、二年に一度は旅行もできます。それ以上何の望みがありましょう？

92　最愛のお父さん、信じて下さい。ぼくが理性の命ずることをお父さんに申しあげるのに、男としての強さをありったけ必要とするのです。お父さんから離れるのが、ぼくにはどんなに辛いことか、神さまもご存じです。しかし、たとえ乞食をする身になっても、あのような主人には、もう仕えたくありません。じっさい、あの事はもう一生忘れることはできないのです。そして、お願いします——世界中のあらゆる物にかけてお願いしますから、ぼくの決心を止めさせるようなことはなさらずに、それを貫くように励まして下さい！

93　貧乏だけがお金を大事にすることを教えてくれるのです。

94　伯爵「大司教は君を傲慢きわまる人間とお考えなのですぞ」。「そのとおりだと思います。あの人に対しては、もちろん私はそうなのですから。私は相手の出方によって、同じ出方をしてやるのです。もし誰かが私を侮り、蔑ろにしていると分かれば、私は狒狒のように高慢になれます」。

95　お父さんはきっと、宮廷のおべっか使いどもを、横目で眺めていらっしゃるでしょう。でも、あんな情けない奴らを、なんとなさいますか？　あの連中がお父さんに敵意をもつならもつほど、お父さんはなおさら昂然として、あいつらを軽蔑の目で見てやらねばなりません。

96　人間を高貴にするのは心情です。ぼくは伯爵でなくっても、よくある伯爵より、おそらくもっと多くの名誉心を身につけています。そして、下男だろうが伯爵だろうが、ぼくを侮辱したら、それは卑劣漢です。

97　侮辱する者がいたら、必ず復讐します。された以上のことをしてやらなければ、それはただの仕返しであって、懲罰ではありません。それに、ぼくがそいつと対等の位置に立つことになるかもしれませんが、ぼくはとても誇りが高いので、そんな間抜けな奴と自分を比べるわけにはいきません。

※そいつと対等の位置に立つは社会的・身分的に同じ立場になること。

98　最愛のお父さん、まだ送金していないのは、ぼくのせいではなく、今は時季が悪いからです。どうぞ御辛抱下さい。もちろんぼくも辛抱しなければなりません。ぼくは、誓ってお父さんのことを忘れません！

99　ウィーンの町を、浮浪者のような格好で歩くわけにはいきませんでした。下着もひどいものでした。ここでは下男だって、ぼくの着ているような荒い亜麻布のシャツは着ていません。これこそ男の身につけたいちばんの忌まわしいものです。これでまた出費です。女の生徒が一人だけあったのですが、それが三週間も休みました。それでまた損害です。ここでは自分を投げ売りしてはいけません。それが第一の原則で、それを守らないと、それこそ永遠の破滅です！　いちばんあつかましい者が、得をするのです。

100　激情は、烈しくあろうとなかろうと、けっして嫌悪を催すほどに表現されてはなりませんし、音楽は、どんなに恐ろしい場面でも、決して耳を汚さず、やはり楽しませるもの、つまり、いつでも音楽でありつづけねばなりません。

101　ぼくの主義として、自分に関係ないことについては、わざわざしゃべり立てることもないと考えているのです。それはどうにもならないことで、ぼくってそんな人間です。自分が不当に非難されても、自分を弁護するのが本当に恥ずかしい。ぼくはいつも、真実はかならず現れる、と考えています。

102　自分から動くと、すぐにそれだけ給料は少なくなります——それでなくても皇帝（ヨーゼフ二世）はしまり屋なのですから。皇帝がぼくを雇うつもりなら、それ相応に支払ってくれなければなりません。皇帝に仕えるという名誉だけでは、ぼくには不十分です。

103　私が（ご存知のように）誇りに思っている愛する祖国ドイツ（神聖ローマ帝国）が、私を採用しようとしないなら——仕様のないことですが——フランスかイギリスに、才能のあるドイツ人がまた一人増えることになります。それこそドイツ国民の不名誉です。ご承知のとおり、芸術のすべての分野で、傑出した人といえば、きまってドイツ人でした。しかしそんな人たちは、どこに幸福を、どこに名声を見いだしたでしょうか?ドイツでないことは確かです！

104　何ごとにも二つの面がある——夫婦生活は多くの喜びを与えるが、また心配も生み出します。

だからあなた（お姉さん）の夫が、不機嫌になって、あなたにさっぱり覚えがないのに、暗い顔をすることがあったら、男の気紛れだな、とお考えなさい。そして言うのです――「旦那さま、昼間はあなたのお好きなように。そして夜は私の思いのままに」と。

105

今晩ここで初めて『フィーガロ』が上演される。それから明後日、ぼくたちはここを発つ。ここにいるのは『フィーガロ』のためにほかならない。出演する人たちが、それまでここにいて、試演に立ち合ってくれ、とみんなで頼むのだ。……十七日にマインツから出した手紙は受け取ったろうね。出発の前日に選帝侯の邸で演奏したが、十五カローリンぽっちり貰っただけだ。ホッフマイスターの件は、うまく行くように、がんばりなさい。もう二週間で、つまり、この手紙が着いて六日か七日したら、間違いなしにおまえ（妻のコンスタンツァエ）が抱ける。でもまたアウグスブルクとミュンヘンとリンツから、手紙をあげるよ。

※ホッフマイスターは貴族やブルジョワの家庭での家庭教師、家政管理、庭園管理……等の責任ある仕事。

106

トゥーン伯爵夫人に出来上がっている分をお聴かせしました。最後になって夫人は、ぼくが今まで書いたのが、きっと受けることは、いのちを賭けて保証してもいい、と言いました。ぼくはその点については、みんなが全体をまとめて聴いたり観たりしないうちは、どんな人間が褒めようと、けなそうと、気にかけません。もっぱらぼく自身の感情に従うだけです。でも、みんながそんなことを言うからには、どんなに満足していいのだろうと、（お父さんは）ご想像下さってもいいと思います。

107
（妻が部屋で踊っているわけを親しい間柄のダイナーにたずねられて）からだを暖めてるだけだ。とっても寒いんだ。薪が買えなくてね。

※ヴォルフガング・アマデウス・モーツァルトの亡くなる時、葬式代も事欠く。死亡届けはウィーンのシュテファン大聖堂に出されて、郊外の共同墓地に埋葬されたとされているが、その場所は不明である。

※モーツァルトには息子と娘の二人の子がいた。息子は父親を継いで音楽家になっている。その楽譜は現在にものこっていて、音楽家のなかにはその楽譜で子息の音楽はどのような響きであろうかと再現している。娘は結婚するとイタリアに移り住んでいる。苗字はモーツァルトではなく夫のそれである。モーツァルトの子孫は今にもヨーロッパの何処かに生きているかもしれない。

四章　信じがたい人間・悩み戦っているすべての人に勇気をあたえるベートーヴェン

ベートーヴェン（一七七〇―一八二七）とゲーテ（一七四九―一八三二）は互いに深く敬愛していた。ベートーヴェンは、人は『人間』として尊厳であるべきと、相手が誰であれ自らでも誇り高く振る舞っていた。ゲーテは小国ではあるがワイマール領邦国に仕える高位者であり社交での振舞を弁えている。この些細な振舞の有り様で、互いに相手を敬意しながらも、交誼が途絶える。しかしこれは余りにも自明である。些細な振舞での有り様なぞはそれこそたんなる何らかのきっかけに過ぎない。ゲーテはゲーテ、ベートーヴェンはベートーヴェンである。ベートーヴェンもゲーテも互いに相手を心中では敬意していても、独自にあり生きている人間存在者である。

ベートーヴェンは音楽家を大切にしないとウィーンを去り外国に赴こうとするが、心ある貴族たちにより、その行為はドイツに損害と不名誉をもたらす、と強く翻意されてウィーンにとどまる。郊外にはなだらかな丘のあるハイリゲンシュタット（聖なる町）という住宅域があり、そこにはベートーヴェンがよく散歩していた小川の流れる林地がある。近隣にベートーヴェンが難聴の進行で耳の聞こえなくなる不安のあまり遺書を書いた家が残されている。ささやかで質素な住まいで、庭には大きな菩提樹がある。ここには訪れる人たちの心を深くうつものがある。そしてこの家には、多くの音楽書に載っている、ベートーヴェンのデスマスクがある。このデスマスクを見ると、一切の言葉を失ってしまう。

108　善くかつ高貴に行動する人間はただその事実だけに依っても不幸に耐えうるものだということを私は証拠だてたいと願う。

109　能うかぎり善を行い、何にも勝りて不羈を重んじ、たとえ玉座の側にてもあれ、絶えて真理を裏切らざれ。

110　母は僕のためにほんとうによい母、愛すべき母、僕の最良の友であった。お母さんという懐かしい名を僕が声に出して呼びかけることができ、またその呼びかけが聴かれていたあの頃の僕は、人間の中の最も幸福な人間であった。

111　ふるさとよ、美しい土地よ、この世の光をそこで初めて私が見たその国は、私の眼前に浮かんで常に美しくはっきり見えている――私がそこを立ちいでた日の姿のままに。

※ベートーヴェンの生地はボンである。

112
勇気を出そう。肉体はどんなに弱くとも、この精神で勝ってみせよう。いよいよ、二十五歳だ。一個の男の力の全部が示されるべき年齢に達したのだ。

113
僕の芸術は貧しい人々に最もよく役立たねばならぬ。

114
聴覚の病患は最も癒りにくい。僕は何と悲しく生きなければならないことか！　僕の愛する親しい者の一切を避けながら、くだらない利己的な人々の中で生きなければならないとは！　悲しい諦念――それを僕の自分の隠れ家としなければならないのだ。これから一切の不幸を超越した立場へ自分を置こうとしてもちろん僕は努めてみた。しかしどうしたらそれは僕にできるだろうか……

115
僕は惨めに生きている。二年以来、人々の中へ出ることを避けている。人々に向かって、僕は聾なのだ、と告げることができないために。僕の職業が他のものだったらまだしもどうにかいくだろうが、僕の仕事では、これは恐ろしい状況だ。僕の敵たちが知ったらどんなことをいうか知れはしない。しかも敵の数は少なくないのだ！

116
僕はいっそう人々になじむようになった。……一人のなつかしい少女の魅力が、僕をこんなふうに変わらせたのだ。

117
私を支えてきた最も高い勇気も今では消え失せた。おお、神のみこころよ。たった一日を、真の歓喜のたった一日を私に見せてください。真の悦びのあの深い響きが私から遠ざかってすでに久しい。おお、わが神よ。いつか私は再び悦びに出逢えるのでしょうか？
……その日は永久に来ないのですか？……否、それは余りに残酷です！

118
わが天使、わが全て、わが自己そのものである人よ、私の心はあなたに伝ええないほど満ち溢れている……おお、私はどこにいても、あなたは私と共にいる。

119
忍従、自分の運命への忍従。おまえは自己のために存在することをもはや許されない。ただ他人のために生きることができるのみだ。おまえのために残されている幸福は、ただおまえの芸術の仕事の中にのみある。おお、神よ、私が自己に克つ力をお与えください！

120　心の善というもの以外には、私は人間の卓越性の証を認めない。

121　王様や君侯は教授先生や枢密顧問を作って、彼らに肩書きや勲章やをたくさんお与えになることができる。しかし偉大な人物を、――うごめく人間群から抜きんでている精神を、あつらえるというわけにはいかない。

122　私ほど田園を愛する者はあるまい。

123　全能なる神よ！――森の中で私は幸福である――そこではおのおのの樹がおん身の言葉を語る。――神よ、何たるこの壮麗さ！――この森の中、丘の上の――この静寂よ――おん身にかしずくため、この静寂よ！

124　ほとんど乞食をしなければならないほどに困っているが、困っていないかのようなふうを装わねばならぬ。

125　作品第百六番のソナタは、こんな窮迫した状態の中で作った。パンを稼ぐために作曲するのはつらい。

126　おお神よ、私を救いに来てください。私が不正と妥協したくないために、私があらゆる人間に見捨てられている有り様はごらんの通りです！

127　生活の愚劣な些事を常におん身の芸術のために犠牲とせよ！　神こそ万事に勝れる者！

128　今の時代にとって必要なのは、けちな狡い卑怯な乞食根性を人間の魂から払い落とすような剛毅な精神の人々である。

129　悩みをつき抜けて歓喜に至れ！

130　神性に近づいて、その輝きを人類の上に拡げる仕事以上に美しいことは何もない。

131　私のいつもの作曲の仕方によると、たとえ楽器のための作曲のときでも、常に全体を眼前に据えつけて作曲する。

132　自由と進歩と芸術における目標であることは生活全体におけると同様であります。

133　昔の巨匠の中で、ドイツ人ヘンデルとセバスチャン・バッハだけが真の天才を持っていました。

134　どんなときでも私はモーツァルトの熱心な讃嘆者の一人であった。私の生涯の最期の瞬間まで依然としてそうであろう。

135　芸術家としての私についていえば、私に関して他人の批評に対してほんの少しの注意すら私が払ったことがあるなぞとは、誰一人聴いたことがないはずだ。

136　ブヨが刺したぐらいでは疾駆している馬を停められはしない、というヴォルテールの感想に私はまったく同感である。

※ヴォルテール（一六九四―一七七八）はフランスの哲学者・文学者・歴史家で、イギリスの哲

学者ジョン・ロック（一六三二―一七〇四）より多く学ぶ。両者とも近・現代の民主思想の礎を築いた啓蒙思想家で、後のイギリス名誉革命、アメリカ独立宣言、フランス人権宣言そして更には現代の国連の世界人権宣言にも多大な影響をあたえている。

同時代人のベートーヴェンを語った言葉

137
（作曲する時は）ベートーヴェンの顔面筋肉は緊張して盛り上がり、血管は膨れた。荒々しい眼は倍も恐ろしい様子になり、口はブルブルふるえていた。自分で呼び出した魔神たちの力に圧倒されている魔術師のような有り様だった。

ユーリウス・ベネディクト

※ベネディクト（一八〇四―一八八五）はドイツ生まれの作曲家・指揮者。若い頃ウィーンでベートーヴェンに会っている。三十歳過ぎにロンドンに赴き、以後イギリスで主に活動して生涯を終える。

138
ベートーヴェンは一種の処女的な羞みをもって生涯を過ごし、弱点に負けて自己を責めるような羽目に陥ることは無かった。

アントン・シントラー

※シントラーはベートーヴェンの晩年に身辺の世話をする。ベートーヴェンの死後にベートーヴェンを語る書を出しそして語る。そのなかには自分に都合のよいように記しているところがあり、折角の書の真価がおちてしまうことになる。

139　ベートーヴェンは政治的な出来事について話すのを好んだが、彼の意見はなかなか聡明で、明確な着眼点を持っていた。

シュバリエ・フォン・ザイフリート

※ザイフリートは貴族であり、この言葉は信頼のおける仲間内で語っている。

140　共和主義的な諸原理をベートーヴェンは愛していた。

シントラー

141　彼は無限の自由と国家独立との主張に加担していた。……誰しもが国の政治に携わりえることを望んでいた。

シントラー

142　どんな帝王や王様でもベートーヴェンほどに自己の力を実感していなかった。

ベッティーナ・ブレンターノ

143　私が初めてベートーヴェンに逢った時、私は全世界が残らず消え失せたように思えました。ベートーヴェンが私に世界の一切を忘れさせたのです。そしてゲーテよ、あなたさえも……。この人は今の文明よりも遥かに先んじて歩いている人だと私が確信しても、自分の考えが誤っているとは思えません。

ベッティーナ・ブレンターノ

※ブレンターノはゲーテと文通していた女性である。ゲーテはベッティーナを通してベートーヴェンをより知るようになる。

144　自然がベートーヴェンの唯一の友であった。

テレーズ・フォン・ブルンスヴィック

145　ベートーヴェンの優しい眼を見つめていると泣けてくる。

テレーズ・フォン・ブルンスヴィック

※テレーズ（一七七五―一八六一）はハンガリー王国の伯爵家の令嬢でベートーヴェンの音楽の弟子。一八〇六年にベートーヴェンと婚約する。しかし四年後の一八一〇年に互いの事情があり婚約は解消される。ベートーヴェンもテレーズも互いに深い愛を生涯の最期まで抱いていた。テレーズのその後の生涯は就学前の児童の保育施設を設立したり、女性のための教育機関を作ったりして、児童の無事生長と女性の地位向上に尽力した。

146

祖国の芸術は現下の流行はいかにあれ、新しい開花と若返る生命と、そして真実なる美しきものの新しい征服的支配力とを、まさにあなた（ベートーヴェン）から待ち望んでいるのです。

『失意からウィーンより去ろうとするベートーヴェンを引きとめようとした数人の貴族の書簡』

147

自由に語ったり考えたりしようと思えば、北アメリカへ移住するほかはない。ああ、あなた（ベートーヴェン）の千分の一の力と不屈さを私が持てたらいいのだが。

グリルバルツァー

※フランツ・グリルバルツァー（一七九一―一八七二）はウィーン生まれの劇作家・詩人。

148　政府や官憲や貴族やについてベートーヴェンは常に公々然と意見を述べた。官憲はそれを知っていたが、彼の批評や風刺やを罪のない夢物語だとして大目に見ていた。ベートーヴェンが非凡な天才であるがために放任しておいた。

ミュラー博士

※一八二七年三月二十六日、ルートヴィヒ・ヴァン・ベートーヴェンは肺炎と併発症で亡くなった。五十六歳である。この知らせがウィーンの人たちに口伝えでもたらされると、二万人もが葬儀に参列した。これは信じ難い数の多くの人たちであった。ベートーヴェンの死を悼む人々の悲しみの慟哭はあたかも『人類の合唱』のようであった。

あなた（読者）の思い・考え

五章　ドイツの良心シラーとグリム兄弟とハイネ

ドイツが不当と不法にある時、人々はシラーとグリム兄弟とハイネに世の光を求めた。

（一）　自由の人間フリードリヒ・フォン・シラー（一七五九―一八〇五）

シラーは生涯人の『自由』と『尊厳』を求めた。この生き方のゆえに執筆禁止とか仕事を失うとかの不遇と困窮に陥ることがあるが、天性の誠実と明るさそして気高さのゆえに、友人と知人が支援した。劇作は『群盗』をはじめとして若い時より執筆しているが、思想・哲学・歴史をよく学んでいる。殊に天賦の理性の所在を語るカント（一七二四―一八〇六）をよく読んでいる。一七九二年、フランスの革命政府が顕彰すべき市民の一人として選んでいるが、これはシラーにとってはまったく知らないことであり大変驚いている。これはフランス革命政府がドイツ人ではあるがシラーの『自由』と『人間の尊厳』を求める生き方と劇作を敬意したことにあった。

一七七八年にワイマールでゲーテに初めて出会うが、これは互いにそっけないほどであり、それでもゲーテはシラーに仕事の世話をしている。一七九四年に本格的に交誼が始まる。ゲーテは四十五歳、シラーは三十五歳である。この交誼は生涯の友情になる。これよりのゲーテの後半生はシラーより「詩人としての霊感」をあたえられ、これが生涯の最期までの執筆をもたらす。ワイマールの（市民）広場には「自由」と「友情」をあらわす『ゲーテとシラーの像』が威風堂々と立っている。シラーの辞世句は「ますます心明るく、ますますより良く」である。

ドイツの都市の中心地には必ずといってよいほど（市民）広場と市庁舎と教会があり、ワイマールにも美しい広場がある。広場を囲むように歴史的建造物が立ち並んでいる。『ゲーテとシラーの像』は歴史的建造物である国民劇場の前にある。ゲーテはワイマール領邦国の高官であると同時に国民劇場の舞台監督をも務めていて、シラーは自らの戯曲を国民劇場で上演する。

後世の一九一八年十一月ドイツ帝国は第一次世界大戦に敗れ、民主的なドイツ共和国が成立する。その民主的なドイツ共和国憲法を採択した会議場が国民劇場であった。これがありドイツ共和国はワイマール・ドイツそして憲法はワイマール憲法と通称される。

シラーは後の十九世紀・二十世紀の多くの芸術家たちに深い影響をあたえ、ロシアのドストエフスキー（一八二一―一八八一）も熱心に愛好した。そのドストエフスキーは二十世紀のアメリカのヘミングウェー（一八九九―一九六一）に深い影響をあたえた。現代のＥＵ（ヨーロッパ連合）の象徴歌はベートーヴェンの「苦しみを通して喜びに至る」の『第九交響曲』であるが、ベートーヴェンはシラーの詩「喜びに寄せて」より曲想をえている。

149　貸し借りは水に流そう、
全世界よ、和解せよ、
兄弟たちよ——星空の下で
神は裁く、われわれは裁かずとも。

150　自分自身によって自分を決定せよ。

151　今後わたしはどんな君主にもつかえない。今は民衆がわたしのつかえるすべてだ。

152　いかに大公といえども、人間の法則をねじまげたり、あるいは、人間の行動を貨幣のように鋳造なさることができるものでしょうか。

153　ひざまづくなら、神さまの前にひざまづけ。なにも——こんな悪党に膝を折るこたぁねえ。

154　人類の苦難にせきたてられて、高い知性の生みだした企ては、たとえ幾千たび失敗に終わっても、断じて捨ててはならない。

155　この輝かしい自然を見まわしてごらんなさいませ。自然は自由のうえに築かれております。——自然は、自由によってどれほど豊かでございましょう！　偉大な造物主は、一滴の露のなかにも虫を入れ、腐敗したむくろの中にさえ、うごめくものの自由を許しております。——しかるに、陛下の創られる世界はなんと狭く、貧しいことでございましょうか。

156　人間の手に落ちるよりも、神さまの手に落ちるほうがいいからね。

157　帝国のほうで、われわれの権利を認めぬというのなら、山に住むわれわれは、そんな帝国とは縁を切ってよい。

158　おまえは人性というものを知っているだろう！　戦争は、揺りかごの中の赤ん坊だって、情け容赦はしないのだ。

159　われら、至高の神に信頼置かん。
　人間の権力には怖るることなし。

160　ひとかどの猟師は、自分のことは自分で始末するものだ。

161　しっかり世の中を渡っていくには、攻める道も、守る道も、よく心得ていなくてはならんからな。

162　その正しいことをする人を、代官（権力を笠に着た人）は、いっそうに憎むのですよ。

163　僕たち百姓がなかったらどうなります？　僕たちの階級は、あなたがたの階級よりも古いのですからね。
　※あなたがたの階級は身分制度での特権階級の人たち。

164　自由だ！　自由だ！

（二）　人間性とドイツ文学を豊かにしたヤーコプ・グリム（一七八五―一八六三）とヴィルヘルム・グリム（一七八六―一八五九）の兄弟

日本ではグリム兄弟は『童話作家』として多く知られているが、ドイツだけではなく世界にも造詣の深い大学者である。ドイツの民間の童話伝承を集めたのが『グリム童話』で、「童話」としているが人存在を語っており、「童話」が大人向けの語りになる。

兄弟は共同して生涯をかけて『ドイツ語辞典』を編集する。これは百科全書的（理性と科学そして芸術を尊ぶ）であり、後世のリルケ（一八七五―一九二六）やトーマス・マン（一八七五―一九五五）ら多くの著作家の創作での源泉資料になる。

兄弟はゲッチンゲン大学教授であり、当時のハノーヴァー国の民主的新憲法を破棄して反動的政治を推進する国王に他の五名の教授と連名で抗議して大学を追放される。これ以降の現代にあっても、ドイツでは『ゲッチンゲン七教授事件』は反動体制への『人間的抵抗』への象徴的言辞になっている。

165　私は自分を幸福だと思わないが、神さまが朗らかな心を与えてくださっている。

ヤーコプ

166　子どもの童話は、その清い穏やかな光で心の最初の考えと力がめざめ成長するように語られるが、しかし、その単純な詩趣はみんなを喜ばせ、その真実はみんなを教えることができるゆえに、そしてそれは家庭にとどまり、受けつがれるゆえに、家庭の童話とも呼ばれる。

ヴィルヘルム

167　すべての生活をうるおす永遠の泉から湧き出るもの。それはたとえ小さい木の葉にとらえられるただの一滴のしずくであろうと、最初の朝焼けをあびて、きらきらと光るのである。

『童話集初版序』ヤーコプ、ヴィルヘルム

168　わたしたちの童話は、初めて世に出た時、どんなに孤立していたことだろう！この童話集には、古代の暗黒の中にまでさかのぼる思想と直感とが含まれているという主張について、当時人々は我慢して微苦笑したものである。今では、その主張はほとんど反対に会わない。これらの童話をさがすにあたって、人々はその学問的な価値を認め、内容を変えるのをはばかるのであるが、以前の童話なんか、空想と無内容な遊びであって、どんな取り扱いをも甘んじなければならないもの、と考えられていた。

ヤーコプ、ヴィルヘルム

169　人間は考えるがゆえに話し、黙っている時でも考える。

ヤーコプ

170　人間の心はこのように不思議な測りきれないものだ。愛こそ、人間がこの世でかちえる唯一の本物で、他のくだらないものが滅んでも、これだけは抵抗し続けるということを、わたしはいつもよりも強く感じた。

ヴィルヘルム

171　もしここで学問が良心を持つことを許されないならば、学問は別な故郷をさがさなければならない。

『ゲッチンゲン大学の七教授の抗議書』ヤーコプ、ヴィルヘルム……等の七教授

172
こうして私の考え、決意、行動は、あますところなく、世上に公然と示されている。私があからさまにしたことが私にとって有益になるか、有害になるかは、私の考慮するところではない。この文書が次の時代に伝わるならば、とっくに停止しているであろう私の心臓の中を、読んでほしい。

『弁明書』ヤーコプ

※私の心臓の中は真実の思い。

173
学ばずに旅するより、私はむしろ、旅しないで学ぶことを欲した。

ヤーコプ

174
私は自分の祖国愛を、二つの党派がせめぎあう緊縛の中にゆだねることをついぞ欲しなかった。愛情に富む心がそういう束縛の中で硬化するのを、私は見た。

ヤーコプ

175

われわれは自由を最高のものとしてかかげよう。そうすれば、自由と並んで、何か高いものを付け加えることが、どうしてできよう？すでにこの理由から、自由はわれわれの中心であるがゆえに、他のより高いもの（爵位や勲章）が併存してはならない。（略）貴族は特権のある身分としては廃止されねばならない。

『フランクフルト国民議会での演説』ヤーコプ

176

学問には、何か消滅させられないものがある。学問は、行き悩むごとに、新たに一層強く芽をふくであろう。

177

高齢になって、着手した、あるいは持ちまわった他のいくつもの著述の糸が、今なおわたしの手中にありながら、辞典のために中断されるだろう。終日、こまかい雪がひっきりなしに空から降ってきて、そこら中が測り知らぬ雪におおわれてしまいでもするように、わたしは、あらゆるすみずみから、すきまから、自分に押し寄せてくる大量のことばのため、いわば降りこめられてしまう。ときどき、立ちあがって、何もかも払い落としたくなる。

『ドイツ語辞典・序文』ヤーコプ、ヴィルヘルム

178　私たちに変わらぬ好意をお寄せください。ヴィルヘルムはたしかにそれに値します。彼は最も愛情に富んだ人間の一人です。彼が病気で寝込むと、私はそのことをしみじみと感じます。彼がもし死んだら、私はどうしたらいいかわからないでしょう。

ヤーコプ

179　ヴィルヘルムが亡くなりました、私の半分が死にました……

ヤーコプ

あなた（読者）の思い・言葉

(三) ドイツに人間としての権利と正義を求めつづけたハインリヒ・ハイネ(一七九七―一八五六)

ハイネは後世に『ドイツ国民詩人』或いは『ウィーン反動体制のドイツに妥協なく抵抗したジャーナリスト』とされる。実際、ハイネがドイツを語った論筆はドイツ連邦(神聖ローマ帝国の消滅後の一八一五年に形成されたドイツ領邦国)によって発禁処分になり、後年はパリに移り住み生涯を終える。

ハイネの本質は『愛の詩人』であり、自身イギリスの詩人バイロン(一七八八―一八二四。ギリシャ独立戦争に参加して病死)を敬愛していた。当時パリにいた無名の青年カール・マルクス(一八一八―一八八三)はハイネを深く慕っていて、「僕にないのはハイネの詩心です」と語っている。

ジルヒャー(一七八九―一八六〇)のライン川をうたった歌曲『ローレライ』をはじめとして、シューベルト(一七九七―一八二四)、メンデルスゾーン(一八〇九―一八四七)、シューマン(一八一〇―一八五六)、リスト(一八一一―一八八六)……等々、多くの音楽家がハイネの『愛の詩』を歌曲にしている。ナチス・ドイツ政府はハイネをユダヤ系ドイツ人であるとして、ハイネの詩集を禁書にするが、その詩の多くは歌曲になって国民に広く愛唱されており、禁歌にしたいが放置されていた。実際ライン川を歌った『ローレライ』はドイツの象徴でもある『父なる川』をあらわしている。

ハイネは後年パリで亡命的生活を送り亡くなるが、終生ドイツを慕っていた。

180
大きな奇蹟がおこった
あの聖霊は偉大にも
暴君の城をうちやぶり
奴隷の軛をぶちくだいた

そして生命の古傷をいやし
古い権利をとりもどす
人間は等しく生を享け
すべてけだかい一族だ

181
諸君は、ひとふりの剣を私の棺の上においてくれなければならない。なぜなら私は人類解放戦の勇敢な兵士だったからである。

182
大昔から人民が血を流し苦しんだのは、自分自身のためではなく他人のためであった。……人民は、勝利によって後悔といっそうの困難のほかは何も得られなかった。だが信ずるがよい、再び警鐘が鳴って人民が銃をとる時がくれば、今度こそ人民は自身のために闘い、そして正統な報酬を要求するだろう。

183

まだ何らかの才能をもっているあらゆるドイツ詩人にむかって、いまはただ、文明国に移住しなさいと忠告するほかはない。

184

多くのものは、バイロンについて、ただ話をするときすでに十字を切っている。婦人たちでさえこの詩人を読めば熱中して頰が赤くなるくせに、公衆の前ではこの寵愛の作家をはげしく攻撃する。

※バイロンはイギリスの詩人ジョージ・ゴードン・バイロン（一七八八―一八二四。一般にバイロン卿として知られている）で不義と偽善をあばく社会的な詩と情熱的な恋愛詩を多くのこしている。ギリシャのトルコよりの独立戦争に馳せ参じて病床に伏し亡くなる。大変なハンサムであり、国境を越えた女性遍歴でも有名であった。ゲーテは自分よりはるかに若いバイロンに注目していた。

185
近代の英雄はもはや栄冠をいただく頭領ではなく、国民自身である。

186
これまで、ドイツ国民がその主権者からこんなにひどく愚弄されたことはなかった。

187
かつて私のことを気まぐれとか奴隷根性とかいっていた、光と真理の勇ましい戦士たちが、その間に祖国を安らかに闊歩して、高位高官の役人となり、ギルドのお歴々となり……

※フランスのヴィクトル・ユゴー（一八〇二―一八八五）もハイネのこの言葉とほぼ同じ言葉をのこしている。ユゴーは一八五一年より一八七〇年までナポレオン三世の独裁に反対して亡命生活を送っている。その第二帝政が崩壊して亡命先よりパリに帰る。フランスは第三共和政になる。ユゴーは亡くなる前、「わたしは棺で貧しい人たちに送られたい」と宗教のかかわる葬儀を一切拒絶する遺言をのこす。第三共和政フランスはユゴーの「人道と人間性そして帝政への抵抗」に敬意して国葬をおこなう。遺体は凱旋門に安置され、フランスに貢献した偉人を祀るパンテオンに葬られる。ここにはヴォルテール（一六九四―一七七八）とルソー（一七一二―一七七八）も祀られている。凱旋門・シャンゼリゼ通りは二百万人もの市民が葬送に立ちあう。

188
ひとつの呪いは偽りの祖国にやる
はびこるものは汚辱と冒涜ばかり

花という花はすぐに崩れ
腐敗とびん爛が蛆虫を肥やす所め
織ってやる織ってやる

※織ってやるは祖国ドイツの死体をまとう屍服を職工のように織ってやる。

189
私はいかなる偽善者でもない。だからまた、神を翻弄しようとは思わない。人間にたいしてと同じように、神にたいして私は正直に振舞おうと思う。

190
森では新芽が萌えいでる、まるで魔女のように嬉しく胸苦しげに。
しかし太陽は空から笑いかけ、「若き草よ、よく来たね」と挨拶する。

191
あゝ、私は涙に憧れる、苦しいけれども甘い恋の涙に。
心懸かりはこの憧れのいつかは充たされそうなことだ。

192
君の碧い眼で君はなつかしく私を見つめる、
すると私はうっとりと夢見ごこちになって、物が言えない。

193
暗闇に盗む接吻。暗闇に返す接吻。
そうした接吻はどんな法悦を感じさせることだろう、
まことに心から愛するならば。

194
私は限りなく彼女を愛しています、この身を灼きつくす情火のままに――
不断に燃えつづくこの情火はすでにこの世ながらの地獄の業火でしょうか。

195
歌もなく、胸苦しくすごしたこの年月――私はまた詩作をはじめる。
不意に零れ落ちる涙のように、不意に思い浮かぶ歌のかずかず。

196
母国は私にドイツ風に接吻した、ドイツ語で話した。
「イヒ　リーベ　ディヒ（私はお前を愛している）」という言葉を。
（それがどんなにいい響きだったか、誰にも分かるまい）
それは夢だった。

197
君は悲しそうに頷くんだね。君の青春を取り戻すことは僕にできない――
君の心の苦悩を癒すことができない。失敗した恋愛、失敗した生活。

198
草花はたやすく人間の足に踏まれ、たいてい無残に枯らされてしまう。
人間が通るとすべての草花は蹂躙される、おとなしい花も、憎らしい花も。

199
星は賢明だ。彼等は誇らかにはるかに地上から遠ざかり、
世界の燈火として、大空高く永遠の安全を保っている。

200
船は難破して跡形もなく流れ去り、友達は泳ぎが拙かったので、
母国の海に沈んでしまった。嵐は私をセーヌの岸に打ち上げた。

※セーヌはフランスのセーヌ川。

201
ドイツの歌い人よ。ドイツの自由を歌いたたえよ。
汝の歌が我らの霊魂を支配し、かのマルセイーエーズのメロディーで
我らの実行に奮い立たすために。

※マルセイエーズはフランス革命歌。

202
夜なかにドイツを思うと私はもう眠ることが出来ない、
私は眼を閉じることが出来ない、そして熱い涙が流れて来る。

203
私がかの国を去ってから、彼処では
私の好きな人がずいぶん死んでしまった――
その人たちを数えていると、私の心は出血する。

204
花！　花！　ああ、自然は美しい！

※これはハイネの最期の言葉である。ハイネは見とった医師に、花束を胸に置いてもらう。ハイネの墓はセーヌ川の北方のモンマルトルの墓地にある。ここはユゴーの葬られているパンテオンの、セーヌ川を挟んで、遥か北北東の地である。今では近代・現代ドイツの象徴であるベルリンのブランデンブルク門の東方に南から北へ向かう「ハインリヒ・ハイネ通り」がある。

あなた（読者）の思い・言葉

六章　人存在の本質・本性を深く洞察した人々

イマヌエル・カント（一七二四―一八〇四）には不思議な預言者めいたところがある。人存在には人類人々を公平に統べて平和に共存しうる「理性の所在」が先天的に備わっているとした。理性の顕現を語った『永遠の平和のために』が二十世紀中頃に創立された国際連合の原則理念である。そしてまた恐ろしいことに人類人々の滅亡のあることをも語っている。

スペインの画家フランシスコ・ゴヤ（一七四六―一八二八）はフランスとスペインそしてスペイン内での血で血を洗う人々の抗争と戦争を見て、「人は理性を失うと悪魔になる」との遺言的な言葉を残している。ゴヤは晩年にスペインを追われフランスに逃げて亡くなる。

205　二つのものがいよいよ新しく増大する讃嘆と畏敬をもって私の心を満たす……私の上なる星の輝く空と、私の内に働く道徳律とが。

カント

※国家を含めて如何なる組織体でも、そこに「正義則ち人道・人間性の所在」がないと、そこは悪徳の集団に化しやすい。「正義（人道・人間性の所在）」は人の世・人々の良い生への道しるべとなる「闇夜の天空に輝く永遠の星辰の所在（理想）」である。

206
人間の行為が他人の意志に服さねばならないほど恐ろしいことはありえない。
カント

207
可能な唯一の理性神学は、道徳律に基づくところの、あるいは道徳律に導きを求めるところの神学である。
カント

208
いわゆる「全人民」がみずからの政策を遂行するとされるのだが、その「全人民」は実際にはすべての人民ではなくて過半数である。したがってこの場合、普遍的意志というのは自己矛盾であり、また自由の原理とも矛盾している。
カント

209

民族間の絶滅戦争は互いに同時に滅ぼしあってしまう、そしてそれとともにすべての正当さを絶滅させてしまうがゆえに、永遠の平和は人類の莫大な墓場の上に達成されることになろう。

カント

210

王が賢者に尋ねた。
「性質（たち）のいちばん悪い動物はなんであるか？」
賢者は応えた。
「荒っぽい者では暴君である。おとなしい者ではおべっか使いである」

ゴットホルト・エフライム・レッシング（一七二九―一七八一）

※レッシングは劇作家・思想家である。十八世紀のドイツを代表する啓蒙思想家。ヨーロッパの思想家は詩と劇作によってしばしば自らの思いを語る。むしろ詩と劇作によって自らの思いを語り思想家とされる。

211

平等は愛のもっとも強い結びつきである。

レッシング

212　今からは虚偽の時代がくる。

ゲーテ

213　文化と野蛮ということだけが私に重大な関心事であるから、世界で最も開けた文化国（フランス）に属し、私が私の自己形成の大きい部分にたいしておかげをこうむっている国民（フランス国民）に、どうして憎しみを持つことができようか。

ゲーテ

214　民も奴隷も支配者も
いつもこのようにうち明けます、
人の子として生きるこのうえない幸せは
ただほんとうの自分として生きること。

ゲーテ

215　涙と共にパンを食べたことのないものは、
悩ましい夜々を床の上で泣き明かしたことのないものは、

おん身たち、天の力を知らない。

ゲーテ

216

みずから勇敢に戦った者に初めて英雄を心からほめたたえるだろう。
暑さ寒さに苦しんだ者でなければ人間の値打ちなんかわかりようがない。

ゲーテ

217

民も下べも征服者もみな告白する。
地上の子の最高の幸福は人格だけであると。

ゲーテ

218

私が愚かなことを言うと、彼らは私の言いぶんを認める。
私の言うことが正しいと、私を非難しようとする。

ゲーテ

219

まる一日じゅう世間のみんなから、どんなに痛めつけられ、意地悪をされようと、晩になればとにかく私はあたたかいフトンをかぶり、やすらかに鼻を枕におしつけて眠ることができるのだ、たっぷり八時間というもの。――こうして彼が、悩みの一日の最後の時刻を迎えて、やっとのことで自分のベッドの中へもぐりこむと、彼はそこでブルッと身ぶるいをし、膝をおヘソにとどくほど身体を折りまげて、「さあ、ヴーツ、これで幕が下りたよ」とつぶやくのである。いつも上機嫌でいるというヴーツの術の次の章は、いつも上機嫌で眼を覚ますという方法である。

フリードリヒ・リヒター（一七六三―一八二五）

※殆どの人々の生活は古代・中世も近世・近代・現代も変わることなく様々の哀歓にあり生きている。リヒターの作品は人々の生活での哀歓を語り読みやすく親しみぶかい。リヒター自身は行き過ぎた国家主義を批判して、民主社会の到来を願っていた。

220　昔からこの民族は、勤勉と学問とにより、また宗教によってさえも、いっそう野蛮になった。……ドイツ人以上に支離滅裂な国民は考えられない。そこには職はある、だが人間がいない。哲学者はいる、だが人間がいない。聖職者はいる、だが人間はいない。……分別をもつ者はいる、だが人間がいない。それはさながら手足がばらばらに散らばり、血が砂にまみれている戦場を思わせるのだ。

ヘルダーリン（一七七〇―一八四三）

※フリードリヒ・ヘルダーリンは詩人・思想家。十七世紀に生きたオランダのスピノザ（一六三二―一六七七）に多く学んでいて、ロマン的な詩作をしている。後年は精神的な疾患に苦しんでいる。

221

わたしたちは万有のなかを旅することを、あれこれと夢み、考える。けれども万有はただわたしたちの内部にあるのではなかろうか。わたしたちの心の深さというものは知りつくせないものである。――その内部へ神秘にみちた道が通っている。永遠の世界とその無限の広さ、過去と未来は、われわれの内部にあるものであって、他のどこにもあるものではない。

ノヴァーリス（一七七二―一八〇一）

※ノヴァーリスは詩人。二十歳頃に婚約をしていた恋人が病で亡くなり、内省的な詩作に向かう。

222

たとえ人が何と言ったって、あなたはあなたの心から、わたしが潔白だということを信じられないのか。

ハインリヒ・フォン・クライスト（一七七七―一八一一）

※クライストは劇作家。自らの思いと現実がおりあわないで様々なことをしている。最後は病に苦しむ女性と自殺して生涯をとじる。

223

偉大な人間の作品を見るとうちのめされる。

だが、こういうものが人間によってなされたことは、また心を高めもする。

フリードリヒ・リュッケルト（一七八八―一八六六）

※リュッケルトは学者であり詩人。中近東の学術・詩も深く研究していて、その著述はドイツで広く知られる。

224

神は死んだ……われわれはいま果てしない無のなかをさまよっているのではないか。空虚な空間がわれわれに吹きつけてくるのではないか。いっそう寒冷になってきたのではないか。たえず夜が、しかもより多くの夜がくるのではないか……

フリードリヒ・ニーチェ（一八四四―一九〇〇）

225

人が個人として狂うのは稀である。しかし集団、政党、国家、時代の狂うのはよくある。

ニーチェ

※ニーチェの言葉には恐ろしいほどに二十世紀の人類人々の無気味な有り様を語っているものがある。

226
精神分析家というものは、発掘に取り組む考古学者と同じで、いちばん深いところにある最も貴重な宝物に到達するには、患者の心の層を一つ一つ掘り起こしていかなければならない。

フロイト

※ジークムント・フロイト（一八五六―一九三九）はウィーン生まれのユダヤ系オーストリア人で精神分析学創始者。ウィーンが好きで、ナチス統治下にありながらもウィーンにとどまり死を覚悟する。一九三八年にはすでに世界的な高名のフロイトでも出国は難しく、アメリカ大統領ルーズヴェルトと多くの人々の支援でロンドンに何とか亡命する。そして翌年に亡くなる。

227
（犬と人間の関係は）いっさい曖昧なところのない愛着であり、かくも耐え難い文明の葛藤からほど遠い生の単純さであり、それ自体において完結している存在の美しさです。ヨフィー（愛犬）を撫でているとき、しばしば、私はおよそ音楽的な人間ではないのに、いつのまにかドン・ファンの一節を口ずさんでいるのに気づきます――友情の絆が我ら二人をつなぎ……

フロイト

228
狂人（ヒトラー）は何をしでかすか分からない。

フロイト

229　わたしは小学校に着くまでずっと泣きっぱなしだった。これでもう、自分の夢も自分の大好きな自由も、おしまいかと思ったからである。

シュヴァイツァー

※アルバート・シュヴァイツァー（一八七五―一九六五）は生涯の大半をアフリカのガボンのランバレネで人々の医療に尽くし、その地で亡くなる。第一次世界大戦ではドイツ人ということで、妻のヘレーネとともにフランス捕虜収容所に入れられる。子どもの時より音楽好きで、将来の生き方として音楽家になるか聖職者或は医師になるかと悩みぬいた。第二次世界大戦終末期、広島と長崎への原爆投下に深刻な衝撃を覚え、戦後は医療活動とともに核兵器開発反対の人道的平和活動にも尽力する。これは『生命存在への畏敬』を根源的考えとするシュヴァイツァーの基本的在り方であった。当時はアメリカとソ連をそれぞれ盟主とする東西冷戦時代へと入っており、核開発を推進する両陣営の様々なグループより、これまでの世界的なシュヴァイツァーへの敬愛から、意図的な悪意に捏造された中傷（フェイク）が大々的になされる。医療活動の金銭不足での悪戦苦闘そして国際社会での意図的フェイクにあって、シュヴァイツァーの唯一の慰めは妻の存在とピアノ演奏そして猫との交感であった。ピアノ演奏では殊にバッハの曲を好んでいた。このような状況にあって、一九五三年にノルウェーはノーベル平和賞を授与してシュヴァイツァーを擁護する。シュヴァイツァーはその賞金でハンセン病患者を三百人収容できる病院村を建設する。

シュヴァイツァーの『広島と長崎』への思いは生涯事であった。

230

村の貧しい子どもよりも、自分がいい服を着ていると、大変腹を立てた。

シュヴァイツァー

231

わたしはまだほんの子どもだったが、カトリック（旧教徒）とプロテスタント（新教徒）が同じ教会で信仰している自分の村は、すばらしいと感じた。

シュヴァイツァー

232

今、世界のどこかで泣いている人は
理由もなく世界の中で泣いている人は、
私を泣いているのだ。

今、夜中にどこかで笑っている人は
理由もなく夜中に笑っている人は、
私を笑っているのだ。

今、世界のどこかで歩いている人は、
理由もなく世界の中を歩いている人は、
私に向かって歩いているのだ。

今、世界のどこかで死んでゆく人は、
理由もなく世界の中で死んでゆく人は、
私を見つめている。

ライナー・マリア・リルケ（一八七五—一九二六）

※リルケはオーストリア出身の詩人・作家で、日本でも広く親しまれている。国際的視野に開かれていて、フランスの彫刻家ロダンとの親交でも知られている。葛飾北斎と喜多川歌麿の浮世絵そして俳句もよく研究している。晩年はスイスに移り住み亡くなる。

233

人生は明るいと思う時も、暗いと思う時も
私は決して人生をののしるまい。

日の輝きと暴風雨とは
同じ空の違った表情に過ぎない。

ヘルマン・ヘッセ（一八七七―一九六二）

234

草むしりは退屈だって言うんだろう？　違うんだ。瞑想するにはもってこいだ。

ヘッセ

235

手には鉛筆と小さな折りたたみ椅子、これは私の魔法の小道具で、これで私はもう何千回と魔法を使い、くだらない現実との戦いに勝ってきました。

ヘッセ

※ヘッセは生涯絵を描くのが好きであった。スイスに国境を接するドイツ南部の生まれであり、一九二四年にスイス国籍を収得している。ヘッセは平和社会をつよく求めており、ナチス・ドイツにあってはその書物の刊行は禁止されていた。

236

蛇の口から光をうばえ（怪物のような戦争の暗い体験をも内面的に克服して、人間性のために光を愛せよ)。

ハンス・カロッサ（一八七八―一九五六）

※カロッサは少年時よりゲーテの作品に親しむ。医師になるが詩と小説の執筆をよくする。ナチス時代には自らに閉じこもり静かな生活を送る。それでもナチスより警戒されている一人であった。

237

父親は食べるものをほしがっていた。母親はつかれた顔をしていた。
ふたりはじっと（食べ物を何処かに求めようとしている）子どもの帰りを待った。
子どもは（食べ物が見つからなくて）アパートの空き地に立っていた。
両親はそれを知らなかった。

母親はだんだん不安になった。
さがしに行って、とうとう子どもを見つけた。
子どもは、絨毯をほす鉄棒にじっともたれて、
小さな顔を壁にむけた。

母親はおどろいて、どこにいたの？とたずねた。
すると、少年はわっと泣きだした。
（両親に食べ物をさがせなかった）少年の苦しみは母の愛より大きかった。
ふたりはしょんぼり家に入っていった。

エーリヒ・ケストナー（一八九九―一九七四）

※ケストナーは子どもの優しい心を描いた児童文学作家でもあり、民主社会をつよく擁護していた。このために一九三三年、その作品はベルリン・ナチス学生同盟により焚書にされ、執筆禁止となる。ナチスはケストナーを拘禁したいが、児童文学で国民的人気があり監視下においていた。ケストナーは戦時中にもドイツにとどまり、秘そかに日記を書き続ける。露見すると無論強制収容所に送られて殺害される。ナチス・ドイツの敗北後には、ケストナーの日記は一市民からナチス時代のドイツ社会を語る第一級の歴史的資料とされている。

あなた（読者）の思い・言葉

七章　ドイツと世界を暗黒に突き落としたヒトラーとナチス・ドイツ

書物の焼かれるところでは人間が焼かれる（ハイネ）

アドルフ・ヒトラー（一八八九―一九四五）は人存在に潜む恐ろしい本性（魔性）を自らの政治活動に用いた。人は、その対象が誰・何者かに関係なく、その対象への「憎悪と敵意と排除」に心躍り惹かれてゆくところが多分にあり、高邁な「公平と思いやり」の人道・人倫は思ってはみるものの、現実には無縁であるとした。この世では強者が生存に値する自由者であり、弱者は滅びるべき奴隷であるとして、弱い人たちを擁護する人道者・人倫者は強者への犯罪者とみなした。これがあり人々の互いの公平と共存をめざす自由な考えと民主的な考えそして社会的な考えは過誤であるとした。それでもヒトラーは人々と国際社会での信頼を得るために表向きでは常に「自由と平和」を尊び唱えてみせたが、それは「強者のみの自由と平和」であった。ここには、如何なる人も何かで自らにハンディキャップのある人も人存在として自らの生命を懸命に生き或いは生きようとしている人の根源的な思いと真実に、まるで同意も共感も配慮もない無情と非情の酷薄があった。

ヒトラーは人存在の本性に潜む「憎悪と敵意と排除」を自らのナチス党の政治活動での基本原則として、大々的に情宣活動（プロパガンダ）を展開する。当時としては初めての飛行機の使用、豪華なビラ、マスコミを動員して必ず血祭にあげる敵対者・敵対組織を作りあげた。そしてそれら敵対者のみすぼらしく貧相なイメージポスターを国中に撒いた。その典型的な例は市民生活の不断にも見られる服装にもある。ヒトラーとナチス党にのみ忠誠を誓い守護するＳＳ（ナチス親衛隊）の制服は極めて洗練されて威厳と美しさを備えた社会的エリートとしての仕様である。排斥・排除されるユダヤ人の服装は現実にはありえないみすぼらしく汚れきったまとい姿の暗い絵であり、そのポスターが国中に張りめぐらされた。

良識的な人たちは、世の人々にかくの「憎悪と敵意と排除」を呼び覚ます煽動的な情宣活動（ヘイトでの煽動）を批判して、その効果は一定の段階にとどまるとしたが、人々（国民）のかなりはヒトラーの情宣活動を熱烈に支持したり同調したりしていった。反対・異論の人々と組織への「憎悪と敵意と排除」のやり方はヒトラーのナチス党が国家権力を掌握した後も国家・国民統治での実践原則であった。マスコミを大々的に動員して自らたちの政治活動を推進して人々（国民）の多数の支持を獲得する。これはヒトラーとナチス党の極めて特質的な大衆を煽動して多数支持者を獲得するやり方であった。そして実行する暴力部隊（突撃隊ＳＡと親衛隊ＳＳ）があった。

ヒトラーのいない現代にあっては、社会体制の違いはあってもいずれの国でもマスコミを大々的に動員しての情宣活動は政党政治でもゴシップ報道でも大いに用いられている。そして異論・反論・反対する人々と組織への敵対的攻撃は、政治活動でもマスコミ報道でも、いずれもヒトラーの遺産である人存在に潜む「憎悪と敵意と排除」の本性を呼び覚ます、煽動的やり方での他者攻撃の踏襲である。そして現代でもそして将来でも重大な人類人々の問題は、民主主義体制を含めて如何なる社会体制にあっても、かくの見え透いた「憎悪と敵意と排除」の報道活動（フェイク情報）に多くの人々がたやすくのせられてしまい、国家ではその勢力者に政権を掌握されたり、社会では有力な憎悪の排他・排外の勢力者を形成させたりしていることである。則ち戦後の各国の有り様は、殊に政治ではヒトラーの悪の遺産が通常になっているところが多分にある。煽動の情宣活動(フェイク)による人々の一方的方向への誘導である。

これは、直近でも日本を含めて多くの国で政治に関する不正・醜聞が起こると、それら政治家と取り巻きの行政・司法・有識の関係者たちが平然と虚偽を述べたてているばかりではなく、その不正・醜聞を告発している人たちを逆に虚偽者として居丈高に攻撃しているのを知ると、直ぐにも了解しえる。

ヒトラーの言葉で殊によく知られているのは「人々（国民）は愚かであり、嘘をそれも大きな嘘であるほど、それを繰り返し語ると、人々（国民）はたやすく信じるようになる」である。

（一）ナチス（国家社会主義ドイツ労働者党）によって徹底的に利用された思想と全体主義国家へのすみやかな移行

238
君たちは君たちの心の中に、全民族のなかでもっとも輝かしく、ドイツの名前がこの一族によって褒め称えられるのを見るだろう。君たちはこの民族が世界を再び生み出す者、再び創り出す者であることを知るだろう。

ヨーハン・フィヒテ（一七六二―一八一四）

※フィヒテは哲学者。苦労して育ち、修学して初代のベルリン大学哲学教授になる。その本質は道徳的人間である。ナポレオン・フランス軍の占領下にあるベルリンでの講演『ドイツ国民に告ぐ』が一人歩きしてしまい、国家主義者たちによって、ゲルマン民族の魂的スローガンになる。現代のドイツにあってはゲルマン魂はほぼ禁句的用語になっている。

239
すべてのこれらの輩の不運は、強力な人間の感情における以外には、束にしても総和できないのだ。

フリードリヒ・ニーチェ（一八四四―一九〇〇）

240

超人は絶対的権利を志向する。

ニーチェ

※ニーチェは哲学者。生来病弱であり身辺者にも病没者が多い。その本質は寄る辺ない世界にあって「自らの意志で生きんとする思い」である。ニーチェの発想・著述には詳細な考証に欠けるところがあり、人々・社会・時代を鋭く洞察しているが直感的である。このニーチェの用語の有り様が後にヒトラーとナチス・ドイツに徹底的に利用される。これはフィヒテも同じである。フィヒテもニーチェもその著述での一部の用語が国家主義者たちによって利用され、ヒトラーは「自分はニーチェの弟子である」と公言するほどであり、ナチスはフィヒテとニーチェをナチス思想・哲学の真髄であるとした。これは戦前の日本にあっても同様であり、フィヒテもニーチェも全体主義国家形成のうえに大いにもてはやされた。

尤もニーチェにはユダヤ人への差別的考えはまるで無かった。

241

決定はただ一人の人間によってなされる。

ヒトラー

242

アーリア人種（ゲルマン人種）は沈黙する神秘の夜に灯りをともし、人間にこの地上の他の生物の支配者となる道を登らせるところのあの火をつねに新たに燃え立たせた人類のプロメテウス

である。 ヒトラー

※プロメテウスはギリシャ神話での巨人族の一人。

243
この世界では、よい人種（アーリア人種）でないものはクズである。 ヒトラー

244
アーリア人種に、もっとも激しい対照的な立場をとっているのはユダヤ人である。ユダヤ人は寄生虫である。 ヒトラー

245
（憎悪の生贄にする）ユダヤ人がいなかったら、（他の民族より）ユダヤ人を新たにつくる。人々（大衆）には目に見える（憎悪の）敵を必要とする。 ヒトラー

246
国民はいついかなる時にも、敵対者への容赦ない攻撃の中に自らの正義の証を覚えるのであり、

相手を絶滅させることを放棄することは、もしそれが証ではないとすると、自らの正義にかかわって不安を覚えるものである。

ヒトラー

247

あらゆるプロパガンダは大衆的でなくてはならない。そしてそのプロパガンダの対象と考えられている者のうち、最低者の理解力にその精神的レベルを合わせなければならない。こうしてプロパガンダの単純に知的レベルを低く設定すればするほど、獲得する大衆の数は多くなる。しかも戦争遂行のプロパガンダのように、全国民をその効果圏に引き入れるべき重要事項には、少しでも高い精神的意図を避けるべき配慮は、まったくのところそれはどんなに配慮してもしたりないぐらいである。

ヒトラー

248

我々はヨーロッパの南部と西部への永遠のゲルマンの進撃を取り止め、東方の地に眼差しを向ける。我々はついに戦争前の（ヨーロッパ諸国の）植民政策と通商政策に終止符を打ち、将来の領土政策の展望を聞くのだ。我々がしかし今日ヨーロッパにおいて、新たな土地と領土について議論するとき、我々はまず第一に、ロシアとその支配下にある周辺諸国のこと（ロシアと東ヨーロッパをドイツに隷属させ、ドイツ人の生活圏を確保すること）を考えることができるのである。

ヒトラー

※『わが闘争』は、一九二三年ヒトラーは民主的ワイマール・ドイツ共和国の打倒にミュンヘン蜂起し、これに失敗して逮捕収監された時に執筆されたものである。当時の裁判所は左翼者への処罰は厳しく、右翼者への処罰はゆるやかであり、ヒトラーは五年の禁固刑になるが、九ケ月後には釈放される。

ナチス党の私的政治団体の突撃隊（ＳＡ）は一九二〇年に義勇兵団と市民防衛隊からの団員で結成される。これは一九二一年には準軍事組織に改編されて、反対者と政敵へのテロを繰り返す。一九三四年にはヒトラーとナチス党に忠誠を誓うナチス党員でのエリートである親衛隊（ＳＳ）が設立され、後には強制収容所でのホロコースト（大量虐殺）をはじめとする敵対者・敵対組織への殺害任務を担った。

ナチスが一九三三年に国家権力を掌握すると、『わが闘争』は官公庁・軍隊・学校に新たなバイブル（聖書）として置かれる。戦前の日本でも『わが闘争』は人気をかなり博したが、日本に不都合な箇所はすべて当時の国家検閲下で削除されていた。この検閲削除がなかったとしたら、当時の日本人の多くは他民族を軽蔑するアーリア人至上のヒトラーのナチス・ドイツと同盟しようとは思わなかったのではあるまいか、それでもやはり歴史通りに同盟していたのであろうか。当時の日本の政府・世情は日本民族の優秀性を喧伝していた。ヒトラーはこれを『わが闘争』の

249

なかで早々と日本人の猿真似と嘲笑していた。

「我らの最後の希望ヒトラー」　　『一九三三年一月、ヒトラーの選挙ポスター』

※この選挙の結果、ヒトラーは首相に就任する。このワイマール共和国での最後の総選挙にあって、各政党の得票率はナチス党が四十四％、社会民主党が十八％、中央党（戦後のキリスト教民主同盟とキリスト教社会同盟の前身）が十四％、共産党が十二％、他の少数政党があわせて十％ほどであり、ナチス党は国民の意思の過半数には達していなかった。それでも第一党であることでヒンデンブルク大統領はヒトラーを首相に任命する。こうしてナチス党は政権を担当する。そして早々と「国民と国家の困難を除去する法（全権委任法）」を制定してナチス党（実際にはヒトラー）が国家の全権を掌握する。徹底した全体主義独裁体制の確立である。

これは現代にあっても多くの国々で選挙制度の有り様としての重大な問題を投げかけている。選挙での第一党というだけで、国民の多数の意思を荷っていなくても、自らの党が国民の意思を代表しているとして、その党是と政策を実行する。ここには多くの国民の意思の不在がある。決して民主主義でも民主体制でもありえない。

250

国家社会主義者が独裁的権力支配を貫徹し、異論・反論者を壊滅させるためのきっかけにしたのは、通例、市役所にナチス党旗（ナチス時代の実質的国旗）を掲揚していないことであった。

『国旗掲揚命令』

※ユダヤ人には国旗掲揚を禁止して、ユダヤ人を示す「シオンの星（ダビデの星）」の揚げを許可する。これはユダヤ人の所在の特定である。市民生活にあってはその身分登録証明書には「シオンの星（ダビデの星）」が刻印されて常時携帯が義務づけられる。後になるとユダヤ人は公的場所の出入りと交通機関の利用を禁じられる。更に後になると生活の場はゲットー（ユダヤ人居住区）のみとなる。ユダヤ人へのヘイト（憎悪）の極みの合法化である。

ドイツ国内のユダヤ人の中央組織である評議会は当初よりナチス・ドイツ政府の反ユダヤ主義には警戒して、亡命或いは脱国ユダヤ人を通してナチス・ドイツの所行と処置を国際社会に伝え訴えた。しかし、国際社会の多くは文明社会の現代にあって、いくらナチス・ドイツ政府下にあってもまさかそんなことがありえようかと、それらの所行と処置を事実であるとは受けとり難かった。評議会自身でもナチス・ドイツ政府にも最低の人間性（何民族・何国人であれ同じ人間である人の殺害をすることはない）はあろうと最後まで信じていて、これが明らかに誤っている認識と期待であったと知り、もはや抵抗と闘争しかないと自覚した時には、既に遅かった。強制収容所はナチス・ドイツ政府に異論・反論・反対するドイツ人を逮捕・収監する施設として設置されたが、すみやかにユダヤ人とロマ人（ジプシーの民）を収容する施設ともなっていた。

※ヒトラーのナチス・ドイツ時代にあっても「民主的なワイマール憲法」は表向きにはあり廃止されていなかった。「国民と国家の困難を除去する法（全権委任法）」で実際には実質的に無きに

ひとしかった。しかし諸外国ではナチス・ドイツにも「民主的なワイマール憲法」はあるとみなし錯覚されていた。

251　反対者への武器使用に反して、誤った配慮でこれを拒絶する者は、懲役刑の結果を覚悟しなければならない。

『一九三三年二月十七日、治安・ゲシュタポ（国家秘密警察）・警察の全監察権限を持つ内務大臣ゲーリング（一八九三―一九四六）の射撃命令』

252　一九三三年三月二十一日、ダッハウ近郊に政治犯を収容する強制収容所が設立される。続いて二十四日、「国民と国家の困難を除去する法」（全権委任法）が制定される。

『強制収容所設置』と『全権委任法』

※全権委任法では政府は内閣のみの決定により憲法の変更を含めて諸法律を制定し発動する権限がある。実質にはヒトラーによって諸法律を制定することができる。

253　一つの民族、一つの帝国、一人の指導者。

『官庁・学校でのヒトラーの肖像画入りポスター』

254
一九三三年五月十日、ナチス宣伝相ゲッベルス（一八九七—一九四五）の指揮下、ベルリンのナチス学生同盟が階級闘争に反対し、ドイツ精神・民族共同体を称えて、平和思想・人道思想・国際協調を語る書物そしてユダヤ系作者の書物の焚書を行う。

『焚書』

255
女性（ドイツ人）の胸につけられたプラカード
「私はきわめつきの最低の豚です。
私はユダヤ人とばかりと関係しています」。
男性（ユダヤ人）の胸につけられているプラカード
「私はユダヤ人の青年としていつもドイツ人の娘のみを部屋に引き込んでいます」。

『一九三三年七月、一組の男女の公開みせしめ』

256
一九三五年九月十五日、ニュルンベルク法（国民血統を定義する。ユダヤ人との婚姻は過去も含めて無効・禁止にする。国民法律の制定である）。一九三八年十一月九日の夜より翌日の朝にかけて『水晶の夜』が起こる。

『ニュルンベルク法』と『水晶の夜』

※一九三三年一月のヒトラーのナチス・ドイツ政権が成立する前からナチス突撃隊員によるナチス党に反対する人たちへのテロの脅迫（実際に実行される）と暴行そしてマイクによるヘイト（憎悪と排斥）攻撃はよくあった。その政権掌握後にはユダヤ人のシナゴーグ（礼拝堂）・企業・商店・住宅への襲撃・略奪・放火はほぼ公然になった。一九三八年の十一月九日の夜から翌朝にかけての全国での突撃隊員による襲撃・略奪・放火はナチス政府により仕組まれたことであり多くのユダヤ人の死者がでた。破壊された家屋のガラスが飛散したことより「水晶の夜」と言われる。警察・消防隊はこれらの暴挙を見守るばかりであった。突撃隊員による犯罪行為に抗議或は抵抗するユダヤ人は悉く犯罪者とされ逮捕されて収監されるか多くは強制収容所に送られるかであった。その場で殺害された人たちもかなりいた。これら犯罪所行を為した突撃隊員で罪を問われる者は皆無であった。

257

「おい、気をつけろよ。さもないと（強制収容所で殺され焼かれて）煙突行きになるぞ」。

一九三三年一月後のドイツ市民にささやかれた言葉

※一九三三年一月にヒトラー・ナチス党が政権を掌握すると、それ以降『全権委任法（国民と国家の困難を除去する法）』でもって異論・異議・反対する人たち・団体・組織・政党を悉く禁止

して逮捕収監する強制収容所がドイツ国内の名立たる都市近郊に設置されてゆく。ベルリンはザクセンハウゼン、ワイマールはブーヘンバルト、ミュンヘンはダッハウ、ウィーン（一九三八にナチス・ドイツに併合される）はマウトハウゼン……と国中を網羅する。過半数以上のドイツ人はナチス・ドイツ国に沈黙を強いられ絡め捕られたとしてよい。これがあり一九四五年五月七日のナチス・ドイツの無条件降伏は「ドイツ人の解放日」とする人々が多い。

一九三九年九月に第二次世界大戦がはじまると、ナチス・ドイツ軍の支配・占領の地域にも強制収容所が数多設置される。オランダ・ベルギー・フランスの西欧域、ノルウェーの北欧域、チェコ・ポーランド・ウクライナ……の東欧域、クロアチア・イタリア（一九四三年の指導者ムッソリーニの失脚後）の南欧域である。

日本ではポーランド内の凄惨を極めた絶滅収容所のアウシュヴィッツとトレブリンカはよく知られているが、強制収容所の規模こそ大小の違いはあれほぼ全欧に所在していた。

独裁社会と全体主義社会では必ず密告市民が現れそして密告制度がはりめぐらされて、親子と夫婦の間でさえも迂闊には自らの人間的思いと政治的思想は語れない。密告すると報酬がもらえたり競争相手（ライバル）の人を無き者或は亡き者にしたりしえる。

(二) 悲しみの黙示録

258
私にはいつか、目覚めない朝が来ます。でも毎朝、目を覚ますと、「神の恵みで今日も目覚めることができた。さあ、アンネの仕事をしよう」と、起き上がるのです。アンネは『私は世界と人類のために働きたい。死後も残る仕事をしたい』と日記に書き残して逝きました。その意志を受け継いで、私は生きているのです。

オットー・フランク

※オットー・フランク(一八八九―一九八〇)はアンネ(一九二九―一九四五)の父親。フランク家はフランクフルト・アム・マインの裕福な銀行家。オットーは第一次大戦ではドイツ兵として西部戦線で勲功をあげ第一級鉄十字勲章をあたえられ中尉に昇進している。ナチス・ドイツのユダヤ人絶滅政策でフランク家の実業の支店のあるオランダのアムステルダムに移り、一九四四年まで知人の隠れ家に生きる。密告で逮捕されて家族全員が強制収容所に送られる。隠れ家にいた八人の内で生き残ったのはオットーの一人だけである。一九四五年一月、ソ連軍がアウシュヴィッツ強制収容所を解放して、オットーは生き残ることになる。

オットーは戦後事業を行いながらアンネをはじめとする強制収容所で亡くなった人たちを覚える活動を終生続けた。「アンネのバラ」はオットーが兵庫県西宮市にある『アンネのバラの教会』に送ったアンネを偲ぶバラである。

259　誰がこんな苦しみをわたしたちに与えたのでしょう。誰がわたしたちユダヤ人をほかの人たちと区別したのでしょう。誰が今日まで、わたしたちをこんなに苦しむままに放置したのでしょう。わたしたちを現在のような境遇にしたのでしょう。

アンネ・フランク

260　人間には、破壊と殺人の本能があります。そして人類が一人の例外もなく全部、大きな変化を経るまで、戦争は絶え間なく……

アンネ・フランク

261　しかしそれでも尚かつ、天を仰ぐとき、すべてはまた正常に帰り、この残虐も終わり、平和と静けさが再び世界を訪れるだろうと思います。

アンネ・フランク

262　戦争はなんの役に立つのでしょう? なぜ人間は仲良く暮らせないのでしょう?

アンネ・フランク

263

わたしたちはふたりしてそこ（窓からアムステルダム）の青空と、葉の落ちた裏庭のマロニエの木とを見上げました。枝という枝には、細かな雨のしずくがきらめき、庭を飛ぶカモメやその他の鳥の群れは、日ざしを受けて銀色に輝いています。すべては生き生きと躍動して、わたしたちの心を揺さぶり、あまりの感動に、ふたりともしばらく口がきけませんでした。

アンネ・フランク

264

この破壊は、いったい何のためだろう？　毎日、戦のため何百万というお金をつかいながら、どうして医療施設や、芸術家や、貧しい人のために使うお金が一文もないのでしょうか。

アンネ・フランク

265

人はただ安易な生活をおくる権利を持っているのではない。そうではなく、人は互いに助け合いながら、世界が切実に求めている平和のために働く義務を負っているのです。

オットー・フランク

266

地下室のわたしには、一瞬何が起きたのか、皆目わかりませんでした。激しく怒鳴る声や叫び声、部屋のドアがうち破られる大きな音、頭上で、革の長靴で激しく歩き回る音が聞こえます。親衛隊のユダヤ人狩りでした。近所のオランダ人に密告されたのでしょう。「もっと他にもユダヤ人がいるはずだ！　捜せ！」との大きな声が聞こえます。抵抗などはできませんでした。

エリック・バルク

※エリック・バルクは一九二〇年にドイツで生まれ絵本『アドヤ』の作者。アはペルシャ神話の悪の権化アーリマンのア、ドはドイツのド、ヤはヤーパンの日本のヤである。バルク一家は一九三五年にオランダに移住する。一九四二年よりナチスのユダヤ人狩りから逃れるべく、オランダの地下組織の人々に匿われて隠れ家を何十箇所と転々と移る。母親とエリックだけが何とか生き残り、母親は戦後の直ぐに亡くなる。バルクはヨーロッパを捨てアメリカに移る。その後日本に来て日本人女性と結婚して宝塚に住む。

267

その世代に属していた多くの両親や祖父母は、嫉妬、憎悪、強欲、または権力への欲望に支配され、それらのすべてが、数えきれないほど多くの人々を死に追いやる、恐ろしい戦争に導きました。(略)。家族や隣人との私たちの毎日の生活において、私たちはみんなが他の国民、人種または宗教の違いに寛容であり、尊敬することを学ばなくてはなりません。各自がそのように絶え間なく、努力することによってのみ、学びとなり、理解できるのです。私たち個人がその方法によって、より良い平和な世界を作り出すために貢献できるのです。

エリック・バルク

268

その時、アンネは、「もはや私には誰も生きている人はいないの。私の家族は全部死んだの」と言いました。実はその時、お父さんはまだ生きておられたのですけれど、アンネはそれを知りませんでした。本当にそれは悲しいことでした。私たちは二人とも（ベルゲン・ベルゼン強制収容所内の）壁越しに泣いていました。その一週間後に、私の父も収容所で亡くなりました。私自身も絶望的になっていました。そして二人は泣いてしまったのです。

ハナ・ピック

※ハナ・ピックはアンネの友人。同じベルゲン・ベルゼン強制収容所にいて、アンネの最期をみとどける。ベルゲン・ベルゼン強制収容所はハノーヴァーの北東にあるツェレの近郊にあった。

269

私たちアウシュヴィッツの若い市民は、平和を広める皆さんの努力（福山市にあるホロコースト記念館の建設）が実を結び、私たちの世界がすべての子どもたち、人々にとって肌の色、宗教、国籍に関わらず、調和と喜びを持って暮らせる、より美しいところとなるように願っています。

ダリウス・ドゥリュニック（ポーランド・アウシュヴィッツ市長）

270　実際は確認できるものといえば、また収容所員が関心を持つ唯一のものといえば、それは囚人の番号（入れ墨されている）であった。

ヴィクトール・フランクル

※ヴィクトール・フランクル（一九〇五―一九九七）はウィーン生まれのウィーン大学医学部精神科教授であった。ナチス・ドイツがオーストリアを併合する一九三八年にはフロイトを後継する精神分析学者としてもよく知られていた。ユダヤ人であるとして公職を追放された後は精神病院で（ドイツ人を治療してはならない）医師をしていたが、一九四二年に家族全員で拘禁されて

チェコ北部のテレージエンシュタット強制収容所に送られる。一九四四年にはアウシュヴィッツに収容されるが、更にはドイツ南西部のテュルクハイム強制収容所に送られる。この収容所が一九四五年四月にアメリカ軍に解放されて、フランクルは助かる。家族で生きのびたのはフランクルと一人の妹だけである。フランクルが精神分析学者として強制収容所の人たちを語ったのが『Ｎａｃｈｔ　ｕｎｄ　Ｎｅｂｅｌ』（夜と霧）である。この書のタイトル名には、ナチス・ドイツはドイツ国民に知られないようにユダヤ人を夜に逮捕拘禁して強制収容所に送った、との意があるが、ナチス親衛隊（ＳＳ）は実際には真昼間でも公然とユダヤ人を逮捕して連行していった。

271

夕方にわれわれは人差指のこの遊び（親衛隊の将校が囚人たちを指で右か、それとも左かへと並ばせる）の意味を知った。それは最初の選択だったのだ！　すなわち存在と非存在、生と死の最初の決定であったのである。われわれ輸送された者の大部分、約九十パーセントにとっては、それは死の宣告であった。

272

われわれは自分たちの裸であることを今さらの如く体験した。すなわちわれわれは（毛すらそられて）文字どおりのあらわな裸の存在以外の何物ももっていないことを体験するのであった。

273　われわれは数か月の収容所生活を送って以来、もはやとっくに足の力だけでは自分の体重を二十センチだけ二回持ち上げることはできなかった。

274　殴打における最も苦痛なことは、殴打に伴う嘲弄であることは理解できることである。

275　多くの楽天的な噂がもたらした戦争終結の接近の希望は、いつも繰り返してわれわれを失望させたので、二、三の気の弱い連中は徹底した絶望の中に沈んでいってしまった。

276　私は妻（面影の妻）と語った。私は彼女が答えるのを聞き、彼女が微笑するのを見る。私は彼女の励ましに勇気づける眼差しを見る——そしてたとえそこにいなくても——彼女の眼差しは、今や昇りつつある太陽よりももっと私を照らすのであった。その時私の身をふるわし私を貫いた考えは、多くの思想家が叡智の極みとしてその生涯から生み出し、多くの詩人がそれについて語ったあの真理を生まれてはじめてつくづくと味わったということであった。すなわち愛は結局人間の実存が高く翔けうる最後のものであり最高のものであるという真理である。

※妻はベルゲン・ベルゼン強制収容所で殺害されている。

277
たとえもはやこの地上に何も残っていなくとも、人間は――瞬間であれ――愛する人間の像に心深く身を捧げることによって浄福になりうるのだということが私に判ったのである。

278
われわれはそれから外で、西方の暗く燃え上がる雲を眺め、また幻想的な形と青銅色から真紅の色までのこの世ならぬ色彩とをもった様々な変化をする雲を見た。そしてその下にそれと対照的に収容所の荒涼とした灰色の掘立小屋と泥だらけの点呼場があり、その水溜りはまだ燃える空が映っていた。感動の沈黙が数分続いた後に、誰かが他の人に「世界ってどうしてこう綺麗なんだろう」と尋ねる声が聞こえた。

279
正しく考え、意欲することなく、人間はあるいはこちらへあるいはあちらへと駆られ離合集散せしめられて、羊の群の如くであった。人間の右や左に、前や後に、小さなしかし武装した狡猾でサディスト的な猟犬の群が人間を待伏せして、どなったり長靴で蹴ったり銃の台床で殴ったりしながら、人間を前に駆り後に追うのであった。

※猟犬の群は強制収容所隊員。

280
倫理的に高い価値の行為の最後の可能性を許していたのである。それはつまり人間が全く外部から強制された存在のこの制限に対して、いかなる態度をとるかという点に現れてくるのである。

281　一つの未来を、彼自身の未来を信ずることのできなかった人間は収容所で滅亡していった。未来を失うと共に人間はそのよりどころを失い、内的に崩壊し身体的にも心理的にも転落したのであった。

282　血も肉もある人間が他の人間に、多数の報告が示す如き残酷なことをするのが、どうして可能であろうか？

283　これらすべてのことから、われわれはこの地上には二つの人間の種族だけが存するのを学ぶのである。すなわち品位ある善意の人間とそうでない人間との「種族」である。そして二つの「種族」は一般的に拡がって、あらゆるグループの中に入り込み潜んでいるのである。専ら前者だけ、あるいは専ら後者だけからなるグループというのは存しないのである。この意味で如何なるグループも「純血」ではない……だから監視兵の中には若干の善意の人間もいたのである。

284　解放され、家に帰った人々のすべてこれらの体験は、「かくも悩んだ後には、この世界の何もかも……神以外には……恐れる必要はない」という貴重な感慨によって仕上げられるのである。

あなた（読者）の思い・考え

285

私はポーランド人であり、かつてアウシュヴィッツの強制収容所に捕らわれていた四人の一人でした。ナチス・ドイツの強制収容所のなかでも、このアウシュヴィッツは最悪なもので、ユダヤ人、ポーランド人、ロシア人を中心に四百万人もの人がガス室に送られ、飢えや病気、人体実験などのために死んでいきました。その死体を焼く火が天を焦がし、異臭がただよってくるなかで、私は辛うじて生きてまいりました。死の一歩手前まで追いやられ、どうして生きてこられたのか今でもわからない、というのが正直なところです。僥倖にも救われたとしかいえません。

タデウス・シマンスキー

286

私がドイツそして日本を訪れるのには心の中につよい抵抗がありました。このこと（自分たちになされた加害）はドイツ人への怨みをいつまでも忘れないでいるということではありません。もちろん私には最初ドイツ人に対する心理的な抑制があったことは事実です。これを克服して今の私は、国籍、宗教、人種などの壁にとらわれることなく人間への信頼をもつにいたっています。国家的（民族的）な、あるいは宗教上のファナティシズム（狂信主義）の原因である結果である戦争をなんとか防がねばならない――こんなことを皆さまと語るために日本を訪れることにしました。

287

強制収容所に入れられている人たちは石の切り出し、道路作り、橋の建設、瓦礫の撤去……とドイツのためにあらゆる労役をしました。わたしたちは、これが敵のためになる仕事であるとは知っていましたが、ドイツ人も人類の一員であると無理矢理に自分たちを納得させて仕事をしました。しかし石の山を別のところに運び、それをまた元のところに運び返せとされたときには、余りにも無意味で残酷な仕事のために、どんな勇気のある人たちでもどんなに道徳心の高い人たちでも力尽きて死んでゆきました。

シマンスキー

※戦後が三十六年を経過しても、これを語る時にシマンスキー氏は涙が滂沱としてあふれ流れた。

288

私のアウシュヴィッツに博物館を作る仕事に従事しているのは、よりよい未来のためには、悲劇的な歴史に学ばねばならない、との確信からです。歴史を忘れることによって、人は再び悲劇への道を歩みます。

シマンスキー

※タデウス・シマンスキーは戦前ポーランドの少年団のリーダーの一人で、ナチス・ドイツはポーランド軍管区を置き、ポーランド各界の指導者的人物を根こそぎ絶滅する政策のためにアウシュヴィッツ強制収容所に入れられる。奇跡的に生き延びた数少ない一人として、戦後はアウシュヴィッツを後世に記録する仕事を行い、国立オシヴィエンチム（アウシュヴィッツ）博物館副館長になる。一九八六年、「アウシュヴィッツを石に刻む」の日本の人たちの会に招かれて来日して、十数ケ所で話す。

289

Ｋｒがやって来て話した。語ったことは戦慄すべきものであった。その報告がもたらした卑劣と嫌悪は筆舌に尽くしがたい。収容所で起こった嘔吐すべきことはまったく言語に絶する。人はただ例証をあげることができるだけだ、記録を統計上の証拠書類を、登録に罪業録に大罪目録に記入することを扱うかのように。これは前代未聞の例証である。殺害者は自分を人間とみなしている畜生であって、犠牲者は畜生とされていた人間であった。出来事は歴史に帰するものではなく、悪魔の讃美歌集に帰するものであった。収容所は精神病院に似ていたが、事実は逆であった。何となれば狂っていたのは収容者ではなく職員の側であった。

エーリヒ・ケストナー（一八九九―一九七四）

※Ｋｒはアウシュヴィッツ、メルク、エーベン強制収容所……等、あちこちにいて、奇蹟的に助かった囚人。

あなた（読者）の思い・言葉

（三）直接的に戦った人たち

290　一九三〇年十二月四日（ナチス政権誕生は一九三三年一月）、ベルリンの映画館に突撃隊員二百名が乱入して上映されていた映画『西部戦線異状なし』のスクリーンに手榴弾を投げつけて、映画上映を中止させる。

『世界の歴史・週刊朝日百科』のなかでの『血染めの旗』。朝日新聞社

※エーリヒ・マリア・レマルク（一八九八―一九七〇）は、第一次大戦で自らがドイツ軍兵士として西部戦線で戦った体験をもとにして、一九二九年『西部戦線異状なし』を発表して一躍世界文学でのベストセラー作家になる。戦争の実態と平和を願う作品は多くの国々で共感され支持される。ナチスは「平和と人間性」を願うレマルクを非ドイツ的作家としてテロの対象にする。一九三二年、レマルクはスイスそしてパリへと逃れる。翌年、ベルリンのオペラハウスの前で『西部戦線異状なし』は他の非ドイツ的とされた書籍とともに焚書にされる。国籍も剥奪される。現代にあっては『西部戦線異状なし』は二十世紀を代表する「人類人々の平和を願う最高の人道的名著のひとつ」とされている。

※戦前の日本にあっても『西部戦線異状なし』の訳者は治安警察に一時連行されて取調べを受ける。劇場で芝居として上演されるが、政府・世情批判の多くの科白が治安警察に禁止される。

291
教会は、このような奉仕（人道）を離れて、支配権を与えられた特別の指導者を持ったり、得られたりすることができるとか、そのようなことをしてもよいという誤った教えを、われわれは退ける。

『バルメン宣言』

291〜293、295〜298『ボンヘッファー』宮田光雄著。新教出版社

※『バルメン宣言』の宣言文である。「告白教会」は一九三四年五月二十九・三十日、「ドイツ的キリスト教会」に反対するために結成された。ディートリヒ・ボンヘッファー（一九〇六―一九四五）が中心で、カール・バルト（一八八六―一九八六）はその理論的指導者。一九三四年四月、バルトはヒトラーへの忠誠宣言を拒絶してボン大学を退職になり、スイスのバーゼル大学に移る。ボンヘッファーはナチス政権に反対してイギリスに逃げ、後にアメリカに受け入れられる。それでも自らの意志で帰国してヒトラー打倒計画に加わり一九四三年に逮捕される。

292
教会がその特別の委託をこえて、国家的性格、国家的課題、国家的価値を獲得し、このことによってみずからの国家の一機関となるべきであるとか、そのようなことが可能であるとかいうような誤った考えをわれわれを退ける。

『バルメン宣言』

293

天にいます愛する父は今日の状況を、あらゆる面から、またしても大変暗くし危険にさせている、さまざまの過ちと悪意を知っておられます。少なくともこの世界を治めている人々の頭や、とりわけ世論を形造っている人々の中にある、ひどく濃い霧を吹き散らせるような、さわやかな風を吹きいれてください。

『バルメン宣言』

294

（パリの）エトワール広場には灯り一つなかった。広場は闇のほかはなにもなかった。あまりにも暗黒なので凱旋門さえ見えなかった。

レマルク『凱旋門』

※第二次世界大戦の始まった日、ドイツからの逃亡者で幽霊外科医のラヴィック（もぐりの不法労働で生命をつないでいる）はフランス警察のドイツ人逃亡者の一網打尽の逮捕でフランスの収容所に連れてゆかれる。

295

私は何者か？

私は主権者であるかのように、自由に親しく晴れ晴れと

君の看守たちと話しているが、
君は何者なのか？　と人々はしばしば私に言う。

ボンヘッファー

※ボンヘッファーのテーゲル強制収容所内での詩。この詩句でのボンヘッファーの態度は、二十世紀後半の南アフリカ共和国で反アパルトヘイト（反人種隔離政策）運動指導者のネルソン・マンデラが一九六二年に禁固刑と終身刑に処せられて監獄に収容されているときの振舞に通じている。ネルソン・マンデラは一九九〇年に釈放されアパルトヘイトを平和的に撤廃させ、一九九四年に黒人として初めて大統領に就任する。

296

嫉妬と猜疑と好奇心によって養われる虫けらは、
自由な思想の、誠実な心の秘密を
恐れ、憎み、誹謗する

ボンヘッファー

297

たとい死の蔭を歩むとも……

ボンヘッファー

※敗戦に近い一九四五年四月九日、ボンヘッファーはフロッセンビュルク強制収容所で絞首刑にされる。フロッセンビュルク強制収容所はミュンヘンから北東のレーゲンスブルクの間にあるノイシュタットにあった。ここでは国防軍の名立たる将官たちも反ヒトラーの廉で殺害されている。

298

ナチスは共産主義者を弾圧した、
私は不安を覚えたが、共産主義者ではないので何も抗議しなかった。
次にナチスは社会主義者を弾圧した、
私はさらに不安を覚えたが、社会主義者ではないので何も抗議しなかった。
それからナチスは学生、新聞人、ユダヤ人と弾圧の対象を広げ、
その都度不安は増したが、それでも行動に出なかった。
ある日ナチスはついに教会を弾圧してきた、
そして私は牧師だった。
その時私は行動に立ち上がったが、すべては余りに遅すぎてしまっていた。

マルティン・ニーメラー

※フリードリヒ・マルティン・ニーメラー（一八九二―一九九二）はナチスを擁護する「ドイツ的キリスト教会」の保守派であったが、告白教会の創立者の一人となる。ドイツのプロテスタン

ト教会のナチス化に反対する。一九三七年から一九四五年までザクセンハウゼンとダッハウの強制収容所に入れられるが奇跡的に生きながらえる。戦後はドイツのプロテスタント教会の良心と自由の擁護者になる。

戦後のドイツのキリスト教会は他のヨーロッパ諸国の人々とキリスト教会により懐疑と不信の対象になる。一九四五年十月告白教会のニーメラーが主導してプロテスタント教会が中心となり「シュトゥットガルト罪責宣言」を出す。何よりもボンヘッファーとバルトそしてニーメラーの存在によって、ドイツの教会はヨーロッパ諸国より徐々に宥和されてゆく。

いつか来るだろう　その日が
我々は再び自由になり　我らを縛る鉄鎖は裂け
そのとき我々は再び　ワルツにのせて歌うだろう
ゲシュタポ（ドイツ国家秘密警察）の首輪も付けず
我々は再び歌うだろう
我々が今日ひそかに　隠れて歌っている歌を
その時こそおもいきり

『一九四二年秋までルール地方とラインラントでひそかに配られた
「エーデルヴァイス・ピラーテン」のビラ』

※「エーデルヴァイス・ピラーテン」は「薄雪草の海賊（無認可）の通信」。

300
言論の自由、信仰の自由、市民個人を暴力国家の恣意から保護すること。これが新生ヨーロッパの基礎である。

『「白バラ・グループ」のビラ』

※「白バラ・グループの中心者ハンス・ショル（一九一八―一九四三）とゾフィ・ショル（一九二一―一九四三）はミュンヘン大学構内でビラをまいたのを告発され、指導教授らとともに直ぐに処刑される。ショル兄妹の訴えは戦後のドイツ連邦共和国の原則的理念になっている。

301
ドイツで起こったことは罪であった。われわれの同胞の心に人間の像をふたたびうち立てなければならない。

『ナチスの時代―H・マウ、H・クラウス著』の中で、
『ナチスへの抵抗組織クラウザウ団』。内山敏訳。岩波新書

※「クラウザウ団」のリーダーはヘルムート・ヤメス・フォン・モルトケ伯で、各界のかなりの指導的人物が集まった。モルトケ伯はビスマルクと並ぶドイツ帝国建国の英雄モルトケ参謀総長の血筋をひく。一九四五年に処刑される。ビスマルクは外交官・政治家。

302

ドイツは恥辱と人間を不具にする強制にある。

クラウス伯シェンク・フォン・シュタウフェンベルク（一九〇七―一九四四）

※一九四四年七月二十日、シュタウフェンベルク大佐は総統大本営で時限爆弾でヒトラー暗殺を図る。ヒトラーは軽傷を負う。この事件に加担したとして、多くの将軍を含む将校と各界の約七千人が逮捕され、ほぼ五千人が処刑される。国民に人気の高いロンメル将軍はまえもって自殺させられて、戦線での負傷による死去として、国民葬を演出して国民をいつわる。

これらの人々の処刑時での残酷な様相とこれを見つめるヒトラーを含めるナチス党幹部たちの冷酷と冷笑の記録を知ると、人存在には人類人々の平和と安らいを願い求める永遠の希望と光の神のような人がいると同時に人々を無慈悲に残忍に滅殺する永劫の闇黒知の悪魔のような者がいることを覚え知る。

303

「突然孤独になるなんて不思議だ、ルート」

「ええ、まるでわたし達が最後の人間であるみたいだわ」

「最後じゃない、最初のだよ」

レマルク『生命の火花・ドイツ強制収容所の勇者たち』

※父親が社会民主党系新聞の編集長ということで収容所に入れられたドイツ人学生ブーハーと両親はすでに殺されているユダヤ人学生ルートは恋人同士で、解放された収容所からこれまで助け合って生きてきた囚人仲間と別れて、自由な世界をめざす。

参考

304　ドイツという国ではなく、〝ナチス〟という国に来たのではないかと思ったぐらい、ドイツという言葉より、〝ナチス〟という言葉を、〝ヒトラー〟という言葉をあまりにも聞いたり言ったりしていた。

『歴史読本ワールド・ヒトラーの時代』の中で、
『ベルリンオリンピックで見たドイツ』浅野均一筆記

305　私の意見ではナショナリズムとは軍国主義と侵略主義を美化したものでしかない。

アインシュタイン

※アルバート・アインシュタイン（一八七九―一九五五）はドイツ生まれの理論物理学者。一九三三年、ナチス政権成立直後にユダヤ人迫害への危機を覚え、ドイツ国籍を放棄してアメリカに

行く。
※ナショナリズムは民族主義・国民主義・国家主義。

306
人間の良心と良識がめざめ、戦争が先祖の異常行動と理解される新しい時代の到来を願っている。
アインシュタイン

307
国家は人々のためにあり、国家のために人々は存在するのではない。
アインシュタイン

308
国家の義務は個人の保護であり、創造性を伸ばす機会を与えることである。
アインシュタイン

309
自分の考えなくして権威を敬うことは、真実への最大の敵である。
アインシュタイン

310
知恵は学校で学習するものではない。一生かけて学ぶものである。
アインシュタイン

311
私には第三次世界大戦の戦い方は分からない。だが第四次世界大戦なら分かる。石と棒の原始時代のやり方で戦われる。
アインシュタイン

312
（私はナチス・ドイツ時代にドイツにいたことがあるが）病的でどうしようもない幼児性と、悪魔性が気味の悪いような老成と同居している。つまり、愚かしさと危険なもの、狂気と正気、気の利いたものとうんざりするものが同時に現れる。
ヴィスコンティ

※ルキノ・ヴィスコンティ・モドローネ（一九〇六―一九七六）はイタリアのミラノ公爵ヴィスコンティ家の生まれで、映画・舞台の作家、映画監督。『郵便配達は二度ベルを鳴らす』そしてドイツ三部作である『ルードヴィヒ』・『ベニスに死す』・『地獄に堕ちた勇者ども』が名高い。

313
ナチズムは歴史、政治、経済、社会、思想のすべての上に成り立っている。

ジャンニ・ロンドリーノ（一九三二―）

※ロンドリーノはイタリアのトリの生まれの映画評論家・作家。『ヴィスコンティ』を執筆している。

314

インタヴュアー

ドイツ民族は誤った指導をされていたので、すべてのドイツ人がナチスだったわけではないでしょう。

マレーネ・ディートリヒ（一九〇一―一九九二）

そうかもしれません。しかし人は毎日、どんな町でもＳＳ（ナチス親衛隊）やゲシュタポ（国家秘密警察）が姿を見せ、泣き叫ぶ人を連れてゆくのを見ていたはずです。今でも多くの人々は、そのことから眼をそむけているのです。

インタヴュアー

しかし人間は、たとえその国・指導者が間違っていても、自分の生まれた国に連帯感を持つものではありませんか?

マレーネ・ディートリヒ

私はドイツ人です。だからこそ、自分の国で現実に行われた行為に連帯感を持たなかったのです。

『歴史読本ワールド・ヒトラーの時代』の中で、一九六六年、ディートリヒの製作した映画『黒いキツネ』でのインタヴュー、マレーネ・ディートリヒ

※マレーネ・ディートリヒ（一九〇一―一九九二）はベルリン生まれで戦前を代表する女優・歌手。ナチス・ドイツを嫌い、一九三九年にアメリカ市民権をえる。ディートリヒの歌う「リリー・マルレーン」は第二次世界大戦での戦線で敵味方の兵士たちによって口ずさまれた。戦後はパリに住む。一九七〇年の大阪万博でコンサートを開き、多大な歓迎を受ける。ディートリヒは亡くなる前に、ベルリン市より「ベルリン市はあなたに謝罪します」と戦前一九三九年よりベルリンに住めなくなったディートリヒに声明している。今ではベルリンに『ディートリヒ通り』があり、マレーネは母親と同じ墓地に葬られている。

あなた（読者）の思い・言葉

（四）ナチス時代に生きた一般のドイツの人々、ギュンター・グラス（一九二七―二〇一五）の証言

315

玉ねぎにもたくさんの皮がある。山ほどあるのだ。ひと皮むけば、すぐに新たに生まれ変わってしまう。だが、刻むと涙が出てくる。皮はむかれて初めて、真実を語るのだ。

316

戦争が始まって数日も経たないうちに、母のいとこで、（ダンツィヒ自由都市――現代のポーランドのグダニスクの）ヘヴェリウス広場にあるポーランド郵便局の防衛団に加わっていた郵便配達人のフランツ叔父さんが、短かった戦闘が終わった直後、生き残ったほとんど全員とともに、即決裁判でドイツ人の命令により銃殺された。死刑宣告をし、その署名もした野戦判事は、戦後も長く何事もなかったかのようにシュレースヴィヒ＝ホルシュタイン州で判事として判決を下し、署名しつづけていた。

※ギュンター・グラスの父親はドイツ人、母親は西スラブ系少数民族のカシューブ人で、ダンツィヒに生まれた。

※ワイマール共和国時代にひき続いてナチス時代にも裁判官を務めた者たちはナチス・ドイツに抵抗或は反対して辞職する人はほぼいなかった。そして戦後にも裁判官を務めている。これは現代でも法令のみに従う或は権力者の意向にそう裁判官がおり、「人間としての良心の所在は？」

の問題を投げかけている。戦後の民主主義の多くの国では「裁判官は人間としての良心にもしたがう」と憲法の条文では保証されているのであるが……。民主体制を含めて如何なる国家体制にあっても為政者集団は人々（国民）の統治には自らたちの好都合な不当・不義な法令をも施行したがる。現代のフランス歴史教科書（国民の考え方の中枢を形成する中学・高校歴史教科書）では「政府・法令が不当・不義にある時には人は『正当、則ち天賦の人間的基本権を優先する』」と語り教えている。ドイツはナチス・ドイツ統治の不当・不義を苛酷に経験していて、「政府・法令が不当・不義にある時には人には正当な抵抗権がある」と基本法（憲法）にも明文化している。

317

銃殺された叔父、フランツ・クラウゼは、妻や私より少し年上から二、三歳年下までの四人の子供を後に残した。その子らとはもはや一緒に遊ばせてもらえなかった。

318

一九五八年三月に、いくらか苦労したもののやっとポーランドに入るヴィザを手に入れて、（略）、残された親戚の家へと足を運んだ。私はこの小さな農家のドアのところで、銃殺された郵便配達人の母親、大叔母のアンナから有無を言わせぬ言葉で挨拶を受けた。「ほう、ギュンターちゃんかね、それにしても大きくなったもんだ」。

319

ハインリックス（級友で戦況を正確に知っている）の無表情な顔に微笑みが浮かぶと、彼は話しだした。彼は家に帰って私たちの何も知らされない愚かしさを嘲笑したため、父親（反ナチスの人）から鞭をくらったという。そう、彼が密告されればそのツケは払わされていたことだろう。告げ口は日常茶飯事だった。生徒たちの間でも、敵国イギリスのラジオを毎晩聞いていた父親は息子に、絶対秘密にするように、と言ってうち明けていたのである。

※密告されればそのツケを払わされるは国民裁判所で敵国の通報者（スパイ）として死刑判決を受けるか強制収容所に収監されるかである。いずれも死が待っている。

320

私の十一回目の誕生日の直後、ダンツィヒでもシナゴーグ（ユダヤ教会）に火をつけられ、ユダヤ人商店の窓ガラスが粉々にされたとき、私はたしかに何もしなかったが、野次馬としてそこにいた。学校からほど遠からぬミカエル通りでラングフールの小さなシナゴーグがSA（ナチス突撃隊）の連中によって略奪され、荒らされ、火をつけられるのを見ていた。しかしながら、あまりに人騒がせな成り行きのなか、その火の延焼のきっかけになるとは思わなかったのか、市の警察も傍観していた。いずれにせよ、それを目撃した少年はせいぜい驚いただけだったかもしれない。

※これは一九三八年十一月九日の夜より翌日の朝にかけて行われた『水晶の夜』の目撃である。

321

母がよくもこうも言っていた、「なんでユダヤ人に対してこんなに反対しなくちゃならないのかさっぱりわからない。昔あたしたちのところに手芸用品の卸商が来ていたわ。彼はツッカーマンって言ったわね。でも、とっても優しくて、いつだってまけてくれたものよ……」。

322

広場の中央の旗のポールのすぐ近くで、突然、直立不動の護衛つきでやってきたRAD（帝国勤労奉仕隊）の隊長が歯切れのよい言葉でまくしたてた。貴族の将校一味による恥ずべき裏切り（一九四四年七月二十日のフォン・シュタウフェンベルクとフォン・ヴィッツレーベンらによるヒトラー暗殺行為）、それは神の摂理によって失敗に終わった、わが熱愛せる総統の命を奪わんとする卑劣で陰湿な企みと、それへの情け容赦のない復讐、つまり「一味の削除」について。そして「真の奇跡」として、生き延びた総統のことをひたすら語りつづけた。果てしなく長い文章で、運命に救われた総統が称えられ、私たちは改めて彼に忠誠を誓わされた。このとき、今から、今日から、これは君たちの問題だ。なぜなら、とりわけ今、ここにおいて、大ドイツ帝国の至る所で、総統の名を冠した少年たち（ヒトラー・ユーゲント）の働きが求められているからだ、ゆるがぬ忠誠で、最終勝利の日まで……戦慄が私たちのなかを走った。敬虔さのようなものが皮膚の穴から汗を噴出させた。総統は救われた！　神はまたしても、あるいはいまだに、我々の側にいるのだ。

323
叔父は『西部戦線異状なし』(E・M・レマルク原作。叔父の書棚にあった)が禁書にあたるということを知らなかったのだと思う。同様に私も、第一次大戦の若い志願兵のみじめな死に様についての小説が禁書にあたる本だなどとは夢にも思わずに読んでいた。今日に至るまでこの初期の読書の体験効果はゆっくりと効いてきて、私から抜けていない。長靴の主が変わっていく様が……次々と爆弾によって死んでゆく様が……

※長靴は兵士にとって貴重であり、その所有兵士が戦死すると、他の兵士に受け継がれてゆく。

324
私の次の行軍命令書には、私の名を持つ新兵が武装親衛隊のどこの軍事教練所で装甲狙撃兵の訓練を受けることになっているかがはっきり示されていた。はるか遠くのボヘミアの森だ……。問題なのは、新兵募集の事務所でそれがわかったとき、あれから六十年以上たった今も、これを書いているこの瞬間の私がそうであるように、その時の私をふたつの重なった「S」の文字(SSでナチス親衛隊)が驚かせるかどうかということである。

※国防軍は徴兵制と志願での国家での入隊である。親衛隊は志願でありヒトラーとナチス党への忠誠と入隊である。グラスは一九四四年十一月に満十七歳で志願できる武装親衛隊に入る。武装親衛隊は親衛隊の軍事部隊である。国防軍も親衛隊も国防軍最高指揮官(ヒトラー)の命令に従う。

325

私は武装親衛隊を、突破された前線の穴を封鎖するとき、たとえばデミヤンスクのような孤立地帯が爆破されるとか、ハリコフを奪回せねばならないときとかに、そのつど出動するエリート部隊と見なしていたかもしれない。制服の襟についた二重のルーネ文字（ゲルマン人の最古文字で親衛隊のＳＳ）は嫌ではなかった。自分を「男」だと見なしている少年にとっては、どの師団にいるのかが何より重要だったと思う。

326

この武装親衛隊にはいくばくかのヨーロッパ的な要素も見られた。合同師団では志願してきたフランス人やワロン人（ベルギーのフランス語地域の人）、フラマン人（ベルギーのオランダ語地域の人）、多くのノルウェー人、デンマーク人、それからさらに、中立のスウェーデン人までもが東部戦線の防衛戦で戦っていた。それはヨーロッパをボルシェヴィキの大波から救う戦いだとされていた。

※ボルシェヴィキはソ連共産主義。

327

国防軍の制服を着た若い兵士や年老いた兵士たち。中央広場の街道沿いの、まだ葉をつけていない木や菩提樹に彼らは（絞首刑で）吊るされていた。胸の前にボール紙をぶら下げられ、吊るされた者たちは「国防力破壊工作をする卑怯者」とされていた。私と同年齢で同じく髪を左分け

にしている少年が野戦裁判で吊るされる前に降格されたのか、階級のわからなくなった高齢の将校の横にぶらさがっている

328
V1とV2ロケットのことが、話題になっていた。驚異の武器がやがて登場するのだ、と。二月の終わりにはすでにドレスデンの大空襲の噂が流れていたが、私たちはそんななか、満月の夜に凍てつくような寒さのもとで宣誓させられた。コーラスで武装親衛隊の歌を歌った。「みなが背くとも、我らは忠実に……」（SSで引き継がれた古い歌）。

※V1とV2ロケットは長距離弾道ミサイル。この技術は戦後にアメリカに接収されて、大陸間弾道ミサイルと宇宙開発ロケットの基礎になる。V1とV2ロケットの多くはロンドンに集中した。

日本陸軍の細菌部隊である七三一部隊（関東軍防疫給水本部）は中国東北州（当時は満州で関東軍が配備されていた）にあり、細菌が人体実験と実戦に使用された。戦後これら生物兵器の施設・データ・資料もアメリカに接収された。生物兵器の使用禁止は一九二五年のジュネーブ議定書でも決められていた。

戦後の国連にあって軍縮委員会は生物兵器の開発・使用の禁止をとりあげて、一九七五年に生物兵器禁止条約が発効している。それでも現代の人類社会にあって原子爆弾・水素爆弾と秘密裡の生物・化学兵器の所在は人類人々の存続に重大且つ決定的な脅威になっている。

329
その後、私はもはや名前もないような戦闘部隊に所属した。大隊、中隊は解消した。フルツベルク師団はかつて存在したとしても、今はもはや存在しなかった。オーデル川とナイセ川を越えてソ連軍が広範囲で戦線突破に成功していた。私たちの最前線は蹂躙され、突破されて、もはや紙の上にしか存在しなかった。しかし、私は最前線など知らなかったし、どういう意味があるのかもわからなかった。

※四月にはソ連軍はオーデル川・ナイセ川を突破してエルベ川に向かう。アメリカ軍はすでにライン川を突破していてやはりエルベ川に向かう。そして一九四五年四月二十五日、米ソ両軍はベルリンの南方にあるエルベ川のトルガウで出会い、両軍の将兵は握手して抱きあい肩を組んで歩く。これは「Ｅｌｂｅ　Ｄａｙ」と米ソの友好と連帯の歴史的記念の日とされる（日本では一般にエルベの誓いとされている）。この一週間後にベルリンは陥落する。二十世紀後半期の米ソ時代の幕開けである。戦後両国はそれぞれの社会体制とイデオロギーの違いより対立するようになり歳月につれて相剋が激しさを増し、互いへの警戒と戦争準備――米ソ冷戦――が熾烈になってゆく。この状況は一九八〇年代後半にソ連にゴルバチョフ書記長・大統領が現れて冷戦に終止符をうつまで続く。

330
ゼンフテンベルクからシュプレムベルクへ向かう道は難民を満載した馬車で渋滞していた。たしかに同じような灰緑色の制服（親衛隊の制服の一種）を着ているか、とてもちぐはぐなふたりは、さっそくその渋滞を利用し、公印を押した紙くずにすぎないものの、生き延びる保証となる行軍命令書を何としてでも手に入れようとした。

※多くの親衛隊将校・隊員はドイツの敗戦の直前直後に親衛隊制服を民間服や国防軍服に着換えて逃走をはかる。

331

この配給（ヒトラーの誕生日の特別配給でタバコ、缶詰、酒）がない状況は、すべての兵士、私のようなタバコを吸わない者にとっても、至る所で目にする大ドイツ帝国の崩壊よりも腹立たしかったし、もっと大きな意味のあることだった。言葉のなかにはののしりの声が混ざるようになった、これまで聞いたことのなかったののしりの言葉が。

332

彼（ヒトラー）の死亡はまったく予想どおりの事態だった。そして、私にとっても彼の死を惜しむ気持ちは皆無だった。（野戦病院で）休みなく働く看護師たちのことを思っていると、まったく意識にものぼらなかったからだ。

※ヒトラーは、一九四五年四月三十日、妻のエヴァ・ブラウンと自殺する。ブラウンは愛人であったが、死の直前に結婚する。愛人エヴァの存在は秘密にされて国民に知られることはなかった。

国民には、ヒトラーは独身で肉食を厭い菜食を好む子供と動物を慈しむ聖者の如き人間であるとしても、喧伝されていた。

333
発表された彼（ヒトラー）の「英雄的な死」は個々の死者たちの山のなかに埋没し、脚注でしかなくなっていった。今や彼についての冗談すら口にすることができた。彼とその愛人について、彼女については、以前は何も知られていなかったが、今ではちょっとした噂のタネになっていた。だが、どこにいたにせよ総統の姿よりもっと実感できたのは、野戦病院の外のライラックだった。五月になり、花が咲き始めていた。

334
たしかに、（野戦病院で）空腹は癒やされなかったが、後から知った強制収容所の押しつけられた窮乏状態や、空腹が十万人もの餓死者を出したロシアの戦争捕虜のための集団収容所に比較してみれば、たいしたことはなかった。

335
突如として、もはや寝たきりではない私たち全員に時間的猶予が与えられた。近所をほっつき歩き、獲物を探した。我々の別荘（病院とされた建物）とそのライラックの庭に接している土地に出入りはできたが、そこは小さな塔や出窓、バルコニー、テラスがあり、別荘に似ている建物が立っていた。数時間前まではこの地のＮＳＤＡＰ（国家社会主義ドイツ労働者党）の地方支部が入っていたのだ。しかし、ひょっとしたら、屋根裏部屋まで複雑に入り組んだ建物は党本部の支所であったのかもしれない。いずれにせよ、管区指導者かその他のボスたちが逃げてしまったため、勝手に入り込むことができた。実際には鍵をかけて閉鎖されていたのかもしれないが、誰かが鉄梃子で開けていた。

336

「（アメリカ軍の労働収容所内で）そうさなあ、おれたちの前線経験は赤い洪水に対する保塁ってわけだ。イワン（ロシア軍）と、とりわけ冬に戦うってことがどういうことか、おれたちは知っている。アーミー（アメリカ軍）のやつらはそのことがわかっちゃいないのさ」

337

（アメリカ軍の労働収容所内で）私が今まで聞いたことのなかった日本のある都市への原爆投下のことだった。私たちはこの二発の投下のことは我慢できた。というのも、私たちにとって現実的で差し迫ったこととして感じられたのは、別の出来事だったからである。アメリカの政治家モーゲンソーによって指示されたやせ療法が晩夏に中止されたのである。千キロカロリー以上に上げられた配給には八分の一のソーセージすら含まれていた。

※一九四五年七月十七日より八月二日、アメリカとソ連とイギリスの三首脳はポツダム（ベルリンの南西近在地で、ソ連の占領下）に集まり、ドイツ・東欧の戦後処理と日本への今後対処を話し合う。七月二十六日にアメリカとイギリスと中国の三首脳による日本の無条件降伏勧告のポツダム宣言が国際社会に公表される。

日本政府は直ちにポツダム宣言を知り、翌日にはこれへの黙殺を声明する。マスコミは政府の言いなりに追随して連合国とポツダム宣言を傲然と侮る論調を書き連ねる。この事態に国際社会の心ある多くの人々は恐怖にちかい戦慄を覚える。連合国からすれば日本は交戦相手国であるが、その盟邦であるナチス・ドイツは五月七日に無条件降伏している今にあっては、孤絶した国。圧倒的なアメリカとソ連の軍事力の前には余りに弱体化している。国際社会の心ある多くの人々は未だ唯一の交戦国の日本とその人々（日本人）の壊滅と破滅を確実に予想した。日本はなるほど敵国として交戦中とはいえ、人類の一員。その人々の破滅をも予感したからである。この何よりの証がアメリカ軍による八月六日の広島、九日の長崎へのすべてを破壊し焼き尽くす原子爆弾の使用であった。

※やせ療法とは皮肉語で、捕虜ドイツ将兵には一定以上の食事カロリーを提供することを禁止する処置。ナチスは戦時中東部戦線のソ連将兵の捕虜には飢餓線上の食事をだすように命令していて、この為にソ連将兵の捕虜にはおびただしい餓死者がでた。更にはウクライナ・ベラルーシ・ロシアでの占領地域では住民への飢餓政策で厖大な死者を出す。

338

（アメリカ軍の労働収容所内では）おかげで私たちは、空腹を闇市で何とかしなければならない有刺鉄線の外の人々よりも、自分たちは満ち足りていると思った。アウグスブルクやミュンヘンで瓦礫の山を片付けていた労働者の一団から聞いたところでは、市民たちはまだ何とか手に入るわずかばかりのものを求めてパン屋や肉屋に長蛇の列をなしているということだった。彼らにとっての平和は、ますます少なくなる配給という形で、与えられていたのである。それに対して、収容所の塀のなかの私たちの状況はどんどん良くなっていった。

339

数年後、こっちでは（西ドイツの）アデナウアーが、あっちでは（東ドイツの）ウルブリヒトが勝者側に身売りしたとき、たしかにドイツは再軍備を果たし、一方と他方のドイツの軍隊が存在することになった。

340

それはベルゲン・ベルゼンやラーフェンスブリュックの強制収容所の写真だった……　私は死体の山や、焼却炉を見た。飢えている人々、餓死した人々、骸骨になるほどやせた別世界から来たような生存者を見たが、信じることはできなかった。

※ギュンター・グラス（一九二七―二〇一五）は一九九九年、ノーベル文学賞を受ける。グラスは戦後ドイツの進むべき人々と国家の人道的あり方を発言し、「戦後ドイツの良心」とされたが（当

人はこの呼称を好まない)、当書によって「十七歳の時にナチス武装親衛隊員になった」と告白して、国内外に深刻な衝撃をあたえた。自分の不都合な事実を隠していたことへの厳しい批判、そしてそれを告白した誠実への評価である。「玉ねぎの皮をむく」と、その一枚一枚をむくごとに確かに涙が出る。自らの事実と真実を語ると自らの不利益になるばかりでなく、自らの人間としての信頼に重大な失墜をもたらす。いずれであるにしても、グラスは自分の事実と真実を語った。実際、自らの事実と真実を語ることなしには、その後の自分とドイツの人々そしてドイツ国家の正当で人道的な歩みを語りえない。当書は第二次世界大戦そして戦後のドイツの歩みを一人の人間として生々しく現しているものとされている。

そしてこのグラスには自らへの深い反省をこめた印象的な述懐がある。「もっと早くに(ナチス武装親衛隊に入る前に)レマルクを知っていたら、わたしの人生はすっかり変わっていたものになっていたろう」。現実には一九三三年一月にヒトラーとナチス党が国家権力を掌握(ナチス・ドイツ)して直ぐにレマルクの著作は焚書となり禁書にされていた。それらの著作は人類人々の互いの生命を尊ぶ人道・人権・公平を擁護する民主的あり方が根底にあるからであった。

また現実にグラスはレマルクを知ろうとしても、一九三二年にレマルクはナチスのテロの危機でスイスに逃れている。この時のグラスは五歳の幼児である。その後の子供・少年時代にレマルクの著作の名を何らかで知っているか読んでいるかにしても、ドイツ国内ではレマルクを語ることも話題にすることも許されなかった。ましてやドイツを逃亡した後のレマルクの実際での辛く厳しい生き方も……。

参考

341　戦争に負ければ国民も滅びる……戦後生き残るものは下等な人間だけだ。

ヒトラー

※一九四五年三月十九日、ヒトラーは全生産設備・施設の破壊命令を出して、全ドイツ国民を自らの死の道連れにしようとする。これは敵方に渡さないためである。連合軍の急速な進撃そして設備・施設管理者たちとドイツ国防軍の多くの将兵の命令不服従で実行されず、ドイツ国民は最悪の事態をまぬがれる。

342　ヒトラーは来た、そして去った。しかしドイツ国民は残る。

敗戦後にベルリンに現れた看板

あなた（読者）の思い・言葉

八章　ドイツへのヨーロッパそして国際社会での信頼をひきおこした人たち

戦後ドイツの新たな形成はキリスト教民主同盟・キリスト教社会同盟（戦前の中央党の流れ）と社会民主党が推進する。いずれもナチス・ドイツ統治下では禁止とされたり解散させたれたりした市民政党である。両党は、国の進展と働く人たちの進展とのどちらにやや比重を置くかの違いであり、いずれもドイツの民主社会擁護では共通の厳然たる基盤に立っている。

それでも分裂した東西ドイツの「ドイツ問題」の解決は第二次世界大戦時のアメリカ・ソ連・イギリス・フランスの連合軍四ケ国全合意での了承が必要であった。

（一）ヨーロッパにある良き伝統・文化そして文明をどこまでも信じ、ヨーロッパ共同体形成を夢みた心やさしい作家ツヴァイク（一八八一―一九四二）

343　一年が過ぎた、するともう、あのきつい経験（第一次世界大戦）で学んだ真理はことごとく忘れられている。昔以上に諸国民は互いに対してバリケードを築きあげる。敗れた将軍すら再びヒーローとなり、古びた歌い文句が再び生活の糧として役立つ。

344　もし我々が最後の瞬間に正気に戻ってヨーロッパ統合に協力することを怠るならば、ヨーロッパははかり知れぬ集団の疲労ともはや合理的に説明できない無関心さをもって我々自身の崩壊の道をひたすら歩むであろう。

345　そのほか起こったことはもう筆舌に尽くしがたい思いです。あらゆる種類の法、移動の自由がドイツでは破棄されました。もはや時間の問題です。もうしばらくすれば、我々オーストリア人も、同じ運命をもつでしょう。そうなったら我々はどうしたらよいか分かりません。亡命者になることは、私はいちばんいやです。ただこの上ない危急な場合にのみ、私は亡命します。亡命者の生活は危険ですし、また後に残った家族が人質にとられてしまい、その生活を苦渋にみちたものにしますから。(略)。すべての国粋主義的、反ユダヤ主義の過剰は、しばしば国民の心を捉えて安価に熱狂させるためにのみ起こっています。

346　大衆にとってはつねに具体的なもの、手につかみうるもののほうが抽象的なものよりも受け入れやすい。だから政治の世界でももっともたやすく傾倒者を得るスローガンとは、理想のかわりに敵対関係を、他の階級、他の人種、他の宗教に逆らうような、たやすく把握できる手軽な対立を宣言することになる。狂信がその無法な焔をもっとも燃えたたせることができるのは、憎悪によってだからである。……それゆえつねにことをたやすく運ぶことができるのは、永遠に人間的不満を一定の風向きに駆りたてる党派的な精神の持主たちである。

347

今日モンテニューを論ずるにあたり私の唯一の関心事は、われわれの時代に類似したあの動乱の時代に、彼がいかに心の自由を獲得したか、また我々が彼を読むことによって彼の実例から、いかにして励ましをうけることができるかということである。

※シャルル・ド・モンテニュー（一五三三―一五九二）はフランスのボルドー生まれの哲学者・モラリスト・人文主義者（人間として人存在を尊ぶ）。三十代後半より公職を辞し『エセー（随想録）』の執筆に生涯とりかかる。モンテニューの生きた時代は旧教徒と新教徒がはげしく抗争し殺戮する時代（フランスの一五六二年から一五九八年までの三十年戦争でユグノー戦争。新教徒はユグノーと呼ばれた）であった。晩年近くにボルドー市長を二期つとめ、両教徒の融和をめざし、ボルドーでは共存した。現代でも『エセー（随想録）』はフランスだけでなく多くの国々で人文主義者の名著として広く知られ読まれている。

348　飛行機からパリが無事でいつものように美しいのを見て、私は幸福であった。バーミンガムにも、他の都市のためにも私は心を痛めたことはなかった。しかしパリはやがて戦火の下に苦しむかもしれないという思いは私にとって絶えず苦痛でした。

349　真の信念は、それが正しく真実であると分かるためには現実によって保証される必要などありはしないのだ。いまやヨーロッパ人という身分証明書を自分自身のために作って自ら世界市民であると名のり、国境をこえて、同胞愛をもって我々の多様な世界を統一共同体と見なすことは世界の誰にも禁ずることはできない。この断固として現存する世界をこえて思考する人は、少なくとも個人の自由を作り出す。そのとき人は、万人の運命を固有財産と感ずることだろう。

※シュテファン・ツヴァイク（一八八一―一九四二）はオーストリア人。ウィーンに生まれ、オランダの人文思想家エラスムス（一四六六―一五三六）を敬愛したユダヤ系作家。一九三四年、ロンドンに亡命。生涯、良心と人道の世界をめざす。その平和で寛容なヨーロッパ共同体への希望は時代をはるかに先駆けていた。一九四二年に自殺する。

※現代のＥＵ（ヨーロッパ連合）市民のパスポートの表紙は冒頭に「ＥＵ」、続いてそれぞれの「国籍」が記されている。

あなた（読者）の思い・言葉

（二）戦前も戦後も国を追われたブレヒト（一八九八―一九五六）

350

インタヴュアー　あなたの愛読書は？

ブレヒト　お笑いになるかもしれませんが「聖書」です。

351

なぜかと自分に尋ねる。この疑いのなかに幸せがあるのだ。

352

金さえあればマハゴニー
こいつは素敵
なんでも買える
なんでも売ってる
どんなものでも、買えるし売れる
……
金がなけりゃマハゴニー
こいつは残酷な町
なんにも買えぬ

なんにもできぬ
くたばるだけ　金だけが頼り

※「マハゴニー」は「金銭が人のすべてを決定する悪徳の都市」。

353
（今の東ドイツでは）ナチの連中が旗印にした「公益は私利に優先する」という標語を社会主義的な命題とみなす人もかなりいる……僕らの意見ではそんなものは決して社会主義的命題ではない。……社会主義共同体では「公益は私利に優先する」などという標語は邪魔であり、廃止されなければならない。ここで通用する標語は「私利はすなわち公益である」という標語である。

354
六月十七日の暴動のあと
作家協会書紀は
スターリン通りでビラを配らせた
それには　国民は政権の信頼を失った
その信頼をとり戻すには
二倍の仕事をしなければいけないと
書いてあった　それならいっそ

政権が国民を解散して
他の国民を選んだほうが簡単ではなかろうか

※一九五三年六月十七日の東ベルリンでの労働者蜂起。ドイツ民主共和国のノルマ労働の引き上げに反対して多くの東ベルリン市民が立ち上がる。ソ連軍とドイツ人民軍が暴動として鎮圧する。作家協会は政府御抱えの作家団体。

355

ああ君は五分前に　僕を交尾する種馬にたとえた！
だけどそんなことなんか屁でもない！
僕がどうやって果てたらいいかとばかり考えている間に
彼女は僕のことをエーミールと呼んだ　僕は違う名なのに！
でもそんなことは高い次元で考えればどうでもいいことだ
彼女の花のかんばせの汗で僕は愛をたぎらせる！

356

僕は言った　相手が僕だってことを忘れてもかまやしない
他の男相手に楽しんでるみたいな気になってもいい！

僕が君に捧げているのは僕ではなく僕の男根なのだ
君がいいのは　僕の持物だからというわけではない

君が自分自身の肉体のなかにすっぽりと浸ってくれと望むのは
君が僕にとって
ある男がうっかりと彼女と同時になることがあるとしても
僕と同じ感覚で流れに身を委す
たった一人の女性であることを望まないからだ
僕は君が君に定められた男が誰かを悟るために
沢山の男性を必要とすることを望んでいるわけではない。

※ベルトルト・ブレヒト（一八九八―一九五六）はアウグスブルク生まれで、一九二〇年代後半にはドイツでよく知られた劇作家になり、ミュンヘンやベルリンでよく上演された。一九三三年一月にナチス・ドイツが政権を掌握すると、妻がユダヤ人でありベルギーに亡命する。国籍は剥奪され作品は禁書になる。大戦が始まるとスウェーデン、フィンランドそしてウラジオストック経由でアメリカへと逃れる。戦後のアメリカでは一九四七年に下院非米活動委員会が猛威をふるい（マッカーシー旋風）、ドイツ連邦共和国（西ドイツ）に帰国しようとするが拒絶せられ、オ

ーストリア国籍を収得する。後にドイツ民主共和国の管轄下にある東ベルリンに住む。ここでも政権批判から監視の対象になる。

ブレヒトは「自由と人間性のある社会的国家」を願っていた。これがあり自由主義陣営からは社会主義者或いは共産主義者、社会主義陣営からは資本主義者と攻撃された。それでもブレヒトは東西ベルリンの垣根を取り払う文学活動のリーダー的存在として活動した。現代のドイツではブレヒトは戦前の一九二〇年代後半より戦後一九五〇年代を代表する劇作家・詩人として高く評価されている。

※「社会的」と「社会主義」は違う。「社会的」は「社会が人間的基本権を守る」。「社会主義」は「社会が優先する」。現代のドイツでは与野党とも、極右・極左の党を除いて、「社会的であること」には共通の基盤に立っている。

（三）ヴァイツゼッカー大統領演説「荒れ野の四十年」

357

五月八日（ドイツの無条件降伏日）は心に刻むための日であります。心に刻むというのは、ある出来事が自らの内面の一部となるよう、これを信誠かつ純粋に思い浮かべることであります。そのためには、われわれが真実を求めることが大いに必要とされます。

358

われわれは今日、戦いと暴力支配とのなかで斃れたすべての人びとを悲しみのうちに思い浮かべております。ことにドイツの強制収容所で命を奪われた六百万のユダヤ人を思い浮かべます。ドイツ人としては、兵士として斃れた同胞、そして故郷の空襲で、捕らわれの最中に、あるいは故郷を追われる途中で命を失った同胞を哀しみのうちに思い浮かべます。

※ベルリンの中心地に近代現代ドイツの象徴ともいえる途轍もなく巨大なブランデンブルク門がある。その南域にはこれまた途方もなく広大なヨーロッパユダヤ人犠牲者墓地（ホロコースト記念館）が二〇〇五年に完成された。これはドイツ第三帝国（ナチス・ドイツ）の無条件降伏（ドイツ解放）と強制収容所解放の六十周年を記録した石碑記念館である。ホロコースト記念館はドイツとその人々の罪責を記録し覚え告白証言する記念館である。「過去を忘れると未来はない」とする重大な教訓を現代と将来の人類人々にも託している。

ブランデンブルク門は近代現代のヨーロッパ歴史も現している。一七九一年にプロイセン王国のフリードリヒ二世によって竣工されて、門の上には四頭馬車を駆る勝利の女神ヴィクトリアの像があり、プロイセンの凱旋門である。一八〇六年ナポレオン軍によってベルリンが占領されると、この像は戦利品としてパリに持ち帰られる。一八一四年プロイセン・オーストリア・ロシア・イギリス…の連合軍がパリを占領すると、プロイセンはこの像を取り返して持ち帰り、ブランデンブルク門に再設置する。

一九四五年四月ソ連軍がベルリンに突入してナチス・ドイツ軍と激しい攻防戦になると、ブランデンブルク門をはじめとしてベルリンは廃墟の市街と化す。ナチス・ドイツが無条件降伏すると、アメリカ軍とイギリス軍も進駐して、ソ連軍はアメリカ軍とイギリス軍とともに軍車輌と将兵がブランデンブルク門を戦勝行進する。ブランデンブルク門はプロイセン、ドイツ帝国、ワイマール共和国、ナチス・ドイツ第三帝国、ドイツ連邦共和国・ドイツ民主共和国、現在のドイツ連邦共和国の象徴である。

第二次世界大戦後にドイツが東西に分裂していた時代にはブランデンブルク門の西側に壁が築かれて、東ドイツ（ドイツ民主共和国）の領域に入る。壁より東に真っ直に実に広々とした通りが美しい菩提樹の並木にかこまれて川にまで延びている。これが日本でもよく知られているウンターリンデン通り（菩提樹のもとにある通り）である。菩提樹ではなく銀杏の並木通りの大阪の御堂筋も美しい。何処であれ街路樹のある並木道は歩くと心たのしい。尤もそこには諸々の是・非の人々の営為（歴史）を秘め有しているのであるが……。

ブランデンブルク門より南域はドイツ帝国よりナチス・ドイツ第三帝国までの国家権力が集中していて、国会議事堂・大統領官邸・首相官邸・政府官庁のある地であった。この南域も大戦で廃墟になっていて、東ドイツ時代には瓦礫は撤去されて広場となっていた。この地域にヨーロッパユダヤ人犠牲者墓地（ホロコースト記念館）が『永遠に記憶されるべき記念館』として建てられたのである。

現代のドイツ連邦共和国の国会議事堂・大統領官邸・首相官邸・政府官庁の多くはブランデンブルク門の北域とシュプレー川の間に所在している。

シュプレー川の中洲にはムゼウム島（博物館島）があり、ベルリン大聖堂とベルガモン博物館・美術館がある。これらの真北のシュプレー川の向こうに一九九四年に設立されたアンネ・フランク・センターがある。

359

暴力支配が始まるにあたって、ユダヤ系の同胞に対するヒトラーの底知れぬ憎悪がありました。ヒトラーは公の場でもこれを隠しだてしたことはなく、全ドイツ民族をその道具としたのです。ヒトラーは一九四五年四月三十日の死（自殺）の前日、いわゆる遺書の結びに「指導者と国民に対し、ことに人種法（一九三五年に制定されたユダヤ人絶滅へのニュルンベルク法）を厳密に遵守し、かつまた世界のあらゆる民族を毒する国際ユダヤ主義に対し仮借のない抵抗をするよう義務づける」と書いてあります。

※ソ連は一九四一年六月のナチス・ドイツのバルバロッサ作戦の奇襲大攻勢に甚大な敗北となるが、翌年の後半期には軍勢を立て直し膠着状態に持ち込み、末期には攻勢へと向かう。そして一九四四年一月にはポーランド国境を越え、独ソの戦いは熾烈をきわめる。ドイツ国防軍はこの火急の東部戦線に軍需物資・兵員を鉄道で大量に送り込む。しかしヒトラー（ドイツ国防軍最高司令官でもある）は全ヨーロッパから集めたユダヤ人をポーランド内にある大規模強制収容所（絶滅収容所）に輸送することを軍事的要請よりも優先して、ドイツ国防軍内に大きな不満をひきおこす。このヒトラーの有り様はその死まで変わらなかった。

360

問題は過去を克服することではありません。さようなことができるわけがありません。後になって過去を変えたり、起こらなかったことにするわけにはまいりません。しかし過去に目を閉ざす者は結局のところ現在にも盲目になります。非人間的な行為を心に刻もうとしない者は、またそうした危険に陥りやすいのです。

361

災いへの推進力はヒトラーでした。彼は大衆の狂気を生み出し、これを利用しました。脆弱なワイマール期の民主主義にはヒトラーを阻止する力がありませんでした。そしてまたヨーロッパの西側諸国も無力であり、そのことによってこの宿命的な事態の推移に加担したのですが、チャーチル（イギリスの元首相）は「悪意はないが無実とはいいかねる」と評しています。アメリカは第一次大戦のあと、また内（孤立主義）に引きこもり、三十年代にはヨーロッパに対して影響力をもっておりませんでした。

362

戦後四年たった一九四九年五月八日、議会評議会は基本法（憲法）を承認いたしました。議会評議会の民主主義者たちは、党派の壁を越え、われわれの憲法の第一条に戦いと暴力支配に対する回答を記しております。

ドイツ国民は、それゆえに、世界における各人間共同社会・平和および正義の基礎として、不可侵の、かつ、譲渡しえない人権を認める。五月八日がもつこの意味について今日心に刻む必要があります。

363

第三帝国（ナチス・ドイツ）において精神病患者が殺害されたことを心に刻むなら、精神を病んでいる市民に温かい目を注ぐことはわれわれ自身の課題であると理解することでありましょう。人種、宗教、政治上の理由から迫害され、目前の死に脅えていた人びとに対し、しばしば他の国の国境が閉ざされていたことを心に刻むなら、今不当に迫害され、われわれに保護を求める人びとに対し門を閉ざすことはないでありましょう。

※ヒトラーとナチスの「弱者は国家にあって犯罪者的である」とする基本的考え方からすると、

精神病患者と身体障害者の抹殺はその考え方の現実的帰結であった。

※第二次世界大戦前、全ヨーロッパの諸国は国境を厳しく閉ざした。幸いに亡命を許された人たちを除いて、ユダヤ人・ロマ人（ジプシーの民）・ナチスドイツより追求されるドイツ人はひそかにドイツ国境を越えて他国への逃亡をはかった。しかしいずれの国も国境監視は厳重であり、見つけられるとドイツに追い返されたりその国の逃亡民収容所に連行され収監されたりした。

364 ソ連共産党のゴルバチョフ書記長は、ソ連指導部には大戦集結四十年目にあたって反ドイツ感情をかきたてるつもりはないと言明いたしました。ソ連は諸民族の間の友情を支持する、というのであります。

365 ヒトラーはいつも、偏見と敵意と憎悪をかきたてつづけることに腐心しておりました。若い人たちにお願いしたい。他の人びとに対する悪意や憎悪に駆り立てられることのないようにしていただきたい。

（略）

民主的に選ばれたわれわれ政治家にもこのことを肝に銘じさせてくれる諸君であってほしい。そして範を示してほしい。

自由を尊重しよう。
平和のために尽力しよう。
公正をよりどころにしよう。
正義については内面の規範に従おう。

今日五月八日にさいし、能うかぎりの真実を直視しようではありませんか。

※リヒャルト・フォン・ヴァイツゼッカー（一九二〇―二〇一五）はキリスト教民主同盟所属で第六代大統領（在任一九八四―一九九四）。この演説は一九八五年五月八日の連邦議会でなされ、ドイツ連邦共和国が国際社会で信頼を得る重大な演説となった。「ドイツの良心」を現したとされている。

※イギリスの哲学者・思想家ジョン・ロック（一六三二―一七〇四）は「『国家は人々（市民）の権利を守護する所在である』。人々（市民）の権利を守護しない国家は、それが何であれ、私的な私党の団体であり集団である」としている。このロックの言は民主社会の基本原理である。ロックは民主主義の原理を執筆したり語ったりしている頃、身辺に危機を覚えて、一時オランダに亡命している。

現代の国際社会にあって統治する領域の大小に関係なく、民主社会の基本原理を蔑ろにしたり敵視したりする国々がかなりある。これが今の二十一世紀人類人々の置かれている未開の発展途上の状況である。

あなた（読者）の思い・言葉

九章　ドイツとフランスの和解そして現代の歩み

フランスは第一次世界大戦後のヴェルサイユ条約（調印はヴェルサイユ宮殿の『鏡の間』）でのドイツへの過酷な取り決めが第二次世界大戦をひきおこす重大な要因にもなったとの歴史的教訓をえていた。これがありフランスは自らの復興と戦後ドイツの復興に思慮のある温かな手を差し伸べた。

（一）フランスのドイツへの手の差し伸べとヨーロッパの戦後の歩み

366　フランスのド・ゴール将軍（一八九〇—一九七〇）の演説

「分割され、破壊され、互いに異なる考えを持つ国々に支配されたドイツは復興するために最大の機会と最大の可能性を与えてくれる国に、また、ヨーロッパでの地位を回復させてくれる国に、自然に従っていくでしょう。分割されたドイツをどのように変えていくのか、私たちが彼らに対し何ができるかを考えていきましょう。いずれにせよ私たちは、ドイツの人々に損害を与えるつもりはありません」。

『一九四五年十月五日、ド・ゴール将軍のバーデン・バーデンでのフランス軍将校への演説』

367　フランス外相ロベール・シューマン（一八八六―一九六三）の欧州石炭鉄鋼共同体ＥＳＳＣ創設提案

「フランス政府は、フランスとドイツの石炭・鉄鋼生産全体を、ヨーロッパの他の国々も参加できる機構の共同の最高機関の下に置くことを提案いたします。石炭・鉄鋼生産の共有化は、ヨーロッパ連邦形成の第一段階となる経済政策の第一段階となる経済発展の共通基盤の確立を即座に保証するとともに、長い間戦争兵器の製造に捧げられ、絶えずその兵器の犠牲となってきたこの地域の運命を変えることでありましょう」。

『一九五〇年五月九日、フランス外相ロベール・シューマンのドイツ連邦共和国への欧州石炭鉄鋼共同体ＥＳＳＣ創設の提案』

※これは「シューマン宣言」とされ、五月九日は「ヨーロッパ・デー」の記念日である。ロベール・シューマンはフランスとドイツの和解そしてヨーロッパ統合の父の一人とされている。

368　ドイツ首相アデナウアー（キリスト教民主同盟。一八七六―一九六七）の演説

「私たちが着手した事業は大胆なものです。十九世紀初頭にいくつもの国民国家が出現したがために、共同体意識が育成されることがなかったからです。閣僚理事会は、加盟各国の国益を守らねばならないのは確かですが、これからはそのような仕事がきわめて重要だとは考えないようにしなければなりません。閣僚理事会が行うべき重要な仕事とはむしろ、共同体の利益を促進することなのです。それなくしては共同体の発展はあり得ません。そのために閣僚理事会は、共同体の超国家的機関——最高機関——に発展する自由を大幅に与えることになるでしょう。

『一九五二年九月八日、ＥＳＳＣ第一回閣僚理事会におけるドイツ首相コンラート・アデナウアーの演説』

369

一九五七年三月二十五日、ローマ条約が調印されて、ドイツ、フランス、イタリア、ベルギー、オランダ、ルクセンブルクの六ケ国のヨーロッパ経済共同体ができる。これは互いが信頼しえるヨーロッパ再生をめざすことが基本原則である。

370

一九六一年八月十三日より東ドイツ（ドイツ民主共和国）はベルリンの壁の建設を始める。これは東ドイツ市民の西ドイツ（ドイツ連邦共和国）への逃亡を阻止するためである。

371
『男女平等』の革命が全ヨーロッパで広がる。女性は「人間」として男性と平等の権利獲得をめざす。

※男女平等の人間的権利の考えと運動はこれまでにも多くの女性そして男性によってなされている。これを決定的に為したのはフランスの作家・哲学者のシモーヌ・ド・ボーヴォワール（一九〇八―一九八六）の著述『第二の性』の登場である。過去二千年以上にもわたり女性を二番目の性としておとしめているのは、男性が宗教・思想・伝統・因習……により作りあげている真実にほど遠い神話であるとして、女性は本来男性と同じ人間であり、そこにあるのは男と女の違いの性差であり、人間的にはまったく同等であるとした。実際、男も女も女性から生まれる人であり、そこに人間的不平等があるのは不自然きわまりない。

人類社会は二十世紀後半になってはじめて、この男女平等の人間的権利の考えが当然であるとして受け入れられ、これ以降は多くの国々にも広がっている。

372
一九六三年一月二十二日、フランスとドイツの和解
フランスのシャルル・ド・ゴール大統領（新共和国連合、共和国民主連合）とドイツのコンラート・アデナウアー首相はエリゼ条約（フランス・ドイツ協力条約）に調印して抱擁し合う。

373
一九七〇年、ドイツ首相ヴィリー・ブラント（社会民主党。一九一三―一九九二）のユダヤ人

犠牲者慰霊碑参詣とドイツ連邦共和国のドイツ・ポーランドの国境オーデル・ナイセ線の受け入れ

※ヴィリー・ブラント首相は大戦後にポツダム協定によって決定されたドイツ・ポーランドのオーデル・ナイセ線を受け入れ、ワルシャワ訪問時にワルシャワのゲットー（ユダヤ人居留区）の犠牲者慰霊碑の前に膝まづく。ナチス・ドイツは大戦時にポーランドを解体して軍管区を置き、ポーランドの各分野の指導的人たちの殲滅をめざしていた。

第二次世界大戦後のポツダム協定によりドイツは東プロイセン（中心地はケーニヒスベルクで、中世のハンザ同盟での有力都市の一つ。現在はロシアの飛び地領のカリーニングラード）とオーデル・ナイセ線東部の旧ドイツ領を失う。これは旧ドイツ領の四分の一に相当する。

オーデル・ナイセ線でのドイツ・ポーランド間での国境は一九五〇年に東ドイツ（ドイツ民主共和国）の承認、一九七〇年は西ドイツ（ドイツ連邦共和国）の承認があり、一九九〇年に統一されたドイツ連邦共和国が最終的承認をする。

ブラント首相の登場でソ連・東欧諸国は西ドイツに扉を開き、アメリカ・西欧諸国も信頼を寄せる。当時の米ソ冷戦の雪解けを促す重大な歴史的契機になる。

374

一九七五年八月一日、ヘルシンキ宣言

参加国すべての主権平等と領土保全そして人々の自由と思想・信条・宗教の基本的人間権を尊

重するとした。アルバニアを除く全ヨーロッパとソ連そしてアメリカとカナダを加えた三十五ケ国によって調印される。

これが一九八〇年代にソ連と東欧諸国の体制変革への重大な後盾になる。

375

一九八四年九月、ヴェルダンでの不戦と平和の誓い

フランス大統領フランソワ・ミッテラン（社会党。一九一六―一九九六）とドイツ首相ヘルムート・コール（キリスト教民主同盟。一九三〇―二〇一七）はヴェルダンの戦場を訪れ祈り互いに手を取り合う。

ヴェルダンは第一次世界大戦に双方で七十万人の死傷者を出した激戦地であり、ドイツとフランスの敵意と憎悪と悲しみの地であった。後にミテランが亡くなった時、コールは人目をはばからず泣く。

376

一九八九年夏、東ドイツ市民の大量流出

ハンガリー経由そしてチェコスロヴァキア経由で、数万人の東ドイツ市民が車で西ドイツへと向かう。

377

一九八九年十一月九日、ベルリンの壁開放

東ドイツ政府はベルリンの壁を開放する。「ドイツは一つ」と大合唱が起こり、東西ドイツで大規模な大衆運動が発生して、壁は崩壊する。

これは東西の両ドイツ政府も国民もそして諸外国の政府と人々も予想もしていないことであった。

378

一九九〇年十月三日、ドイツの再統一

ドイツは再統一される。ベルリンの旧帝国議会前の記念式典ではドイツ国旗とEU旗がなびく。

翌年にはソ連が解体して十二ケ国に分離して独立する。

379

一九九二年二月七日、マーストリヒト条約（欧州連合条約調印）

EC（ヨーロッパ共同体）加盟各国政府はマーストリヒト条約に調印し、ヨーロッパ連合（EU）の結成、さらにはヨーロッパ合州国をめざす。

同時にマーストリヒト条約により、各国には超国家的機構が出現することであり、それぞれの国内には反対の人々をかなり抱えることになる。これを考慮して、各国には一定の条件下でEUよりの離脱も認めている。

※マーストリヒトはオランダの東南部のリンブルフ州の州都。マース川沿いにありドイツとベルギーの国境に近い。

380

一九九四年七月十四日、フランス革命記念日に欧州部隊が参加する。

ドイツ人部隊がパリの凱旋門・シャンゼリゼ通りを行進する。フランス人にとっては、フランス・プロイセン戦争と第二次世界大戦でのドイツ軍行進があり、ドイツ軍のパリ行進はありえなく考えられないことであった。ミッテラン大統領の「真のヨーロッパ連合」の大英断であった。フランス国民は歓迎した。このヨーロッパ共同部隊はフランス、ドイツ、スペイン、ベルギー、ルクセンブルクの兵士から編成されていた。

381

二〇〇二年、通貨統合して「Ｅｕｒｏ貨幣」が流通を開始

ユーロ貨幣の流通開始で、ＥＵ（ヨーロッパ連合）での貨幣統合国家では自国通貨が廃止される。ドイツのマルクもフランスのフランもイタリアのリラも消える。

382

二〇〇三年、エリゼ条約調印四十周年記念でヴェルサイユに集結

フランス国民議会とドイツ連邦議会が共同会議のためにヴェルサイユ劇場に集まる。

383
ドイツ首相ゲアハルト・シュレーダー（社会民主党。一九四四〜）の『東はどうなっているか』の演説。

「どうして東ドイツの人々は（西ドイツの人々に）さほどありがたく思っていないのか、という人々もいる。しかし感謝の気持ちを求めれば、どんな関係も崩れ去ってしまう。感謝の気持ちを表せば、これから先いつまでも相手に頭が上がらないことになるからだ。……それよりも、どうして誰も東ドイツの人々に感謝しようとしないのか？　東ドイツ国民の勇気ある行為のおかげでドイツ統一が可能になったのではないのか？　彼らは、変革に対応できる驚くべき能力を持っていることを証明してきたのではなかったのか？　戦争がもたらした結果のほとんどを耐え忍んできたのは、間違いなく彼らである」。

『東はどうなっているか（フランクフルター・アルゲマイネ・ツァイトゥンク）。

ゲアハルト・シュレーダー』

384
二〇一一年、ギリシャ国債問題でのＥＵの経済危機
ＥＵの大国であるドイツのメルケル首相（キリスト教民主同盟。一九五四〜）とフランスのサルコジ大統領（国民運動連合。一九五五〜）は「ＥＵの価値は普遍である」と共同声明する。ギ

リシャはその後も経済的苦境にありEUにとどまるか出るかの国内論議が続いている。

385　二〇一三年、シリア、イラク……等のイスラム諸国より多くの難民がEU、殊にドイツとイギリスに向かう。

386　二〇一六年、イギリスでは「イスラム諸国からの難民流入と東欧諸国からの労働者移住」への反発に端を発した国民投票でEU（EU内の人々の自由通行と難民の受けいれをも原則としている）よりの離脱賛成が過半数を超える。

ドイツ・フランス・イタリアの各首脳は「EUの結束と価値は変わらない」と共同声明を出す。ドイツ首相メルケルは「難民受け入れは変わらない」と声明する。現在のドイツ政権はキリスト教民主同盟と社会民主党の連合政権である。

今後、EU内ではEU超国家機構と各国との折り合いが加盟国間で論議され調整され、イギリスではEUとの離脱交渉が重大な問題となる。

あなた（読者）の思い・言葉

参考　戦後の日本社会に貢献したドイツの人エリザベス・シュトロームとヘルムート・シュミット

387　「日本の社会事業は後れている」と日本の人がよく言われます。それに対して、決して「ハイ」とは言いません。「それじゃ後れていないと思いますか？」と、必ず続いて聞かれます。後れているか、後れていないか、聞いたり、調べたりする立場が、まったく外面的に向いている立場だと思います。それは問題です。それは一つの問題です。

※エリザベス・シュトローム（一九二二―）はビュルテンブルク州のフーラーインハイムの社会事業家の両親のもとに生まれ、ルーテル派宣教師として一九五三年の戦後八年目に日本に来る。東京の浅草、吉原、新宿で身を売って生きる女性たちの自立・更生支援を十年間、その後大阪の日雇い労働者が全国から多く集まる釜ヶ崎で子育て困難な家庭の子どもたちをあずかり養う「保育の家」をたちあげる。著書の『釜ヶ崎はワタシの故郷』は日本語で書かれている。

388　日本の「教育」は、たいていの人たちが「学校の勉強」といっしょに見られます。学校の勉強はたしかに教育の一部分ですが、学校の勉強だけでは、教育になりません。

389　お茶やお花を学ぶのは、日本の古い文化です。それを守るのや認めるのは、たしかにたいせつなことです。けれども、その古い文化を学ぶ娘さんたちが、一合のお米はいくらですか、どのぐらいになりますか、ごはんを炊くことのできない娘さんが、山王町の家（「保育の家」）を手伝って下さった経験が何回もありました。それはほんとうに「しかたがない」でしょうか。わたしは、その「しかたない」のを信じません。

390
釜ヶ崎は全日本の問題です。釜ヶ崎でなんの仕事をやろうと思っても、一般の社会と結びつけることがなければ、釜ヶ崎だけではなんにもなりません。

391
真珠を造るときに、また造るために、貝の中へ異なる物を入れておきます。それは貝としては、たしかに「つらい」でしょう。しかし、この「つらさ」のために、真珠ができます。それからはじめてのとき入れた、その異なる物は見えなくなります。日本の人が、この異なる物の回りに真珠を造ることができないんでしょうか。それをやってみますと、両方のつらさが、積極的な意味になります。むだなことにはなりません。

392
この国は、建国記念日とスポーツの日を祝います。けれども（新幹線やハイウェイを作った）労働者たちがメーデー（労働者の祭典）を祝いますと、警察が出てきます。どうしてでしょうか。

393

人間の心は冬の空のように見えました
雲が多くて　雲が重くて
晴れているところはない

人間の心は野原のように見えました
わたしは弱い　わたしは下手で　わたしは何もできません
野原のように踏む道がない

わたしはひとつの言葉を聞きました　それは春の青空　山桜のようです
「わたしは何をしましょう」
人間の心は生きているから　自己自身が芽生える

394

日本は国際社会にあって真の友人の国々を持つ必要があります。ドイツは戦後真の友人の国々を持つように努力しています。

ヘルムート・シュミット

※ヘルムート・シュミット（一九一八―二〇一五）は一九七四〜一九八二年にドイツ連邦共和国首相を務めた社会民主党政治家。ドイツの民主主義守護を強く推進して、左派とか右派とかの教条的考え方では評価できなく、現代にあっては戦後ドイツの中核を形成した政治家の一人として高く評価されている。一九七五年、フランスのヴァレリー・ジスカール・デスタン大統領（フランス民主連合、国民運動連合。一九二六―）と手を取り合って全ヨーロッパ諸国だけでなくアメリカとソ連を含む全欧米の参加したヘルシンキ宣言（全欧安全保障協力会議）の締結を為したことはその後の欧米諸国の歩みを基礎づけた。但しアルバニアの一ケ国だけは不参加であった。首相の退任後は週刊新聞『ディ・ツァイト』の共同編集者をつとめた。日本の戦後の進み方にも深い関心を寄せていて、国際社会で信頼される確固とした民主的国家の有り様と進み方への心温かな助言的提言をなしている。

上記の言葉は、日本は戦後国際社会では利害での日米同盟関係しかない孤立的有り様の行く末を心配して、互いが信頼して助け合いを為す真の友人の国々を持つようにと助言したものである。

（二）光と闇の戦い・永遠に『人間』をめざして

ドイツ社会にあって『ゲーテ』が歓迎されるときは良い時代、排斥される時代は悪い時代である。

395

風はそよぎ、ほの暖かく、緑につつまれし野辺に満ち、
黄昏どき、甘き香りと、霧に狭衣を呼びおろせば、
いましら楽しき平和を声低くささやき、心をゆすりて稚児の熟睡にささえ。
かくてこの疲れたる人の眼に、一日の門の戸をとざせよ。

396

皆さんはドイツの国内にいるつもりになってはいけません。
ドイツでは悪魔踊り、阿呆踊り、骸骨踊りなどがありますが、
ここじゃ陽気なお祭りが皆さんをお待ちしています。

※ここじゃ陽気なお祭りは豪華な大広間で権力者に追従する恥知らずのおべっか者たちのせわしげな所為と振舞。現代日本の一部の高級官僚たち（本来国民に奉仕すべき公務員）が国法に違背してまで（犯罪所行）、政権為政者たちに追随・追従しているあさましい様を知ると、この語りはよく理解できる。

397

わしらの顔をたてて、これだきゃ納得してくれ。
なぜって、国ん中で、荒っぽい奴が働かなけりゃ、
品のいい人たちがどうして、やっていけるもんか、どんなに利口ぶったってよ。
これだけは心得といてくれ。わしらが汗かかなけりゃ、お前さんたちゃ凍えようぜ。

398

見りゃ蝮（嫉妬と虚偽）と蝙蝠（光を恐れるもの）じゃないか。
蝮は塵芥のなかを這いずってゆき、蝙蝠は黒い姿で天井へ飛びあがる。
あいつらは外でまた一緒になろうというんだ。おれは三番目の仲間にはなりたくないわ。

399

ドイツ人として、あまり慇懃丁寧なのは嘘つきの人です。

400

あの暴君制度と奴隷制度の争いなどはよしてくれ。
ようやく片づいたかと思うと、またぞろ新規にやりだすのだから、退屈でたまりゃしない。

※奴隷制度は身分的階級社会。

401

心臓（ハート）なんて、利いた風なことをいうのはおよしなさい。
それより皺のよった革袋ぐらいが、お顔に釣り合ったところだわ。

※皺のよった革袋は巾着袋。

402

人殺しの叫びや断末魔の嘆き、怯えて逃げるは羽ばたきの音。
なんたる呻き、なんたる喘ぎが、この高みまで聞こえてくることか。

※人には「永遠に救済されたところと永遠の生命（愛）の所在」があるにしても、人の世には永劫に闇黒の地獄に苦しむ人たちがいる。

403

自然なんかどうあってもかまわない。
対面上大切な点は——悪魔がそこに居合わしたことです。
私たち悪魔は、大きなことをやれる連中なんですよ。
騒擾、暴力、不条理。この兆候をごらんなさい。

404

それらは徒歩だの、乗馬姿だので、まだこの世の支配者顔をしていました。
以前は騎士や、国王や皇帝だったわけですが、今となればただの空っぽの蝸牛の殻にすぎません。
その中にいろんな化け物がもぐりこんでそれを着飾り、
中世を、染め返して蘇らせたのです。

※いろんな化け物はいつの世にもいるいろんな化け物のような人たち。現代ならさしずめ、イギリスの十六世紀から十七世紀に生きた劇作家シェイクスピアの『ハムレット』を用いて、手に髑髏を提げて、権柄屋や手下そして追従屋を「この中におまえが詰まっていたのか」とこの詩句を語るのがふさわしい。

405

四人の灰色の女登場。
私の名は欠乏というの。私の名は罪責よ。私は憂愁よ。私の名は困窮。

406

おれは四人来るのを見たが、帰ったのは三人だけだ。
話の意味はわからなかった。
耳に残った響きはノート（困窮）というようだったが、
これと韻を合わせた陰気な言葉はトート（死）であった。

407

ひとたび私（憂愁）に掴まえられたら最後、その人には全世界も役に立たなくなります。永遠の暗闇がおりてきて、太陽の昇り沈みもなくなります。

外部の感覚は完全でも、内部には暗黒が巣食うのです。

ありとあらゆる宝物を何ひとつ、わが物とすることができなくなります。

408

おれ（メフィストフェレス）はかけがえのない大きな宝（ファウストの魂）を横取りされた。
おれのところに質草にとってあったあの上品な魂、
それをあいつらが悪狡こくかっぱらっていったんだ。

※あいつらは愛の遣いの天使たち。

409

めでたき花と　うれしき炎は　心の望むままに　愛を世にひろめ　歓びをつくる。
まことの言葉は　浄きみ空にて　永遠なる群れのため　至るところに光明となる。

※炎は生命である。

あなた（読者）の思い・言葉

参考文献

『ファウスト』ゲーテ著。相良守峯著。岩波文庫
1〜46　394〜409

『モーツァルトの手紙』ロマン・ロラン著。柴田治三郎訳。岩波文庫
84〜107

『ベートーヴェンの生涯』ロマン・ロラン著。片山俊彦訳。岩波文庫
108〜148

『ゲーテ、シラー』ゲーテ、シラー著。手塚富雄訳。河出書房新社
149〜164、215〜218

『グリム兄弟』高橋健二著。新潮文庫
165〜179

『ハイネ詩集』ハイネ著。片山俊彦訳。新潮文庫
180〜204

『ドイツの名詩名句鑑賞』高橋健二著。郁文堂
205、210、211、223、224、231、232、237
『西洋哲学史』バートランド・ラッセル著。市井三郎訳。みすず書房
206〜209、239、240
『ドイツ文学案内』手塚富雄著・訳。岩波新書
212〜214、219〜222
『ゲーテ詩集』ゲーテ著。高橋健二訳。新潮社
215〜218
『善悪の彼岸』フリードリヒ・ニーチェ著。この箇所の訳・小倉正宏。多くの刊行社
『フロイト』ジークムント・フロイト著。菊森英夫訳。河出書房新社
226〜228
『シュヴァイツァー』ジェームズ・ベントリー著。菊島伊久栄訳。偕成社
229〜231
『ヘルマン・ヘッセを旅する』南川治三郎著。世界文化社
233、235
『ドイツの歴史・現代史・ドイツ高校歴史教科書』ヴォルフガング・イェーガー、クリスティーネ・カイツ編。

中尾光延、小倉正宏、永末和子訳。明石書店

237、249〜256、299、300

『わが闘争』アドルフ・ヒトラー著。平野一郎、将積茂訳。新潮社

241〜248

『アンネ・フランクのバラ』高橋数樹編。出版文化社

258〜269

『夜と霧』ヴィクトール・フランクル著。霜山徳爾訳。みすず書房

270〜284

『「アウシュヴィッツ」心に刻む―シマンスキーさんを迎えて』の紹介冊子

285〜288

『エーリヒ・ケストナーの1945年覚書・日記』ケストナー著。この箇所の訳・小倉正宏。アトリウム出版社。

289

『世界の歴史・週刊朝日百科』朝日新聞社

290

『ボンヘッファー』宮田光雄著。新教出版社

291～293、295～298
『凱旋門』レマルク著。この箇所の訳・小倉正宏。クルト・デッシュ出版社
294
『ナチスの時代』H・マウ、H・クラウス著。内山敏訳。岩波新書
301、302
『生命の火花・ドイツ強制収容所の勇者たち』レマルク著。小倉正宏訳。彩流社
303
『歴史読本ワールド・ヒトラーの時代』人物往来社
304、314
『アインシュタイン150の言葉』ジュリー・メイヤー、ジョン・P・ホームズ編。藤田浩芳編・訳。株式会社ディスカヴァー・トゥエンティワン
305～311
『ヴィスコンティ』ジャンニ・ロンドリーノ著。大條成昭訳。新書館
312～313
『玉ねぎの皮をむきながら』ギュンター・グラス著。依岡隆児訳。集英社
315～340

『シュテファン・ツヴァイク』ツヴァイク著。河原忠彦訳。中公新書
343〜349
『ブレヒトの写針詩』ベルトルト・ブレヒト著。岩淵達浩訳。みすず書房
350〜356
『ヴァイツゼッカー大統領演説「荒れ野の40年」』ヴァイツゼッカー著。永井清彦訳。岩波アウトレット
357〜365
『ドイツ・フランス共通歴史教科書・近現代史』ペーター・ガイス、ギヨーム・カントレック編。福井憲彦、近藤孝弘、山田美明、山口羊子、中村玲生、松永りえ訳。明石書店
366〜368、383
『釜ヶ崎はワタシの故郷』エリザベス・シュトローム著。教文館
387〜393

後書き

小倉正宏

年に一度か二度、はるか無限の広大な空に大きな大きな翼をおもわせる雲が現れることがある。天空を吹く風に大きな翼はまるで飛翔しているかのようにゆったりと行き去る。

ふと思う。あれが時空を翔ける天空の翼であるとすると、大地の方々に散ってあり生きている人の世・社会・人々のいわゆる諸々の地上をどのように見ているのだろうか。

十九世紀二十世紀二十一世紀、人類人々の文明は信じ難く急進展した。人類人々の数もそれまでの悠久の歳月にくらべるとこれまた信じ難く急増加した。

この二、三世紀にあってドイツとその人々は、あたかも人類人々を体現しているかにように、間違いなく人類人々の歴史の渦中にいた。

他のヨーロッパ諸国も国際社会も認めるよしもないが、現代にあってもドイツとその人々は古代のローマ帝国を自らたちでは継承するとする中世近世の神聖ローマ帝国をひいていると、言葉ではけっしてあらわさないが、自らたちの思いのなかでは矜持がつよい。

ゲーテを生み、モーツァルトが生まれ、ベートーヴェンが生きたドイツである。大地での苦闘の人・ゲーテ、天空に煌く星辰・モーツァルト、大地・天空に感動をあたえるベートーヴェン。カントは「天空には永遠に美しい星辰、自らの内には永遠に燃える炎」と自らを語っているが、この現しはまるでゲーテ・モーツァルト・ベートーヴェンをたとえているようである。

そのドイツと人々は二十世紀にあってこれまでの人類史上ではかつてなかった二度にわたる世界大戦の源となる地であり惹き起こした地である。それも先の大戦では未曾有の死傷者を出し、後の大戦では邪悪の権化ヒトラーの意思からであり死傷者は未曾有をこえてはかり知れない。人類史上にあって最大の殺人鬼であり悪魔としか言いようのないヒトラーも気高いゲーテ・モーツァルト・ベートーヴェンと同じく人存在であることには変わりない。

人存在とはいったい何者なのか。人間はどういう存在であるのか。人の世社会人々の地上は何なのか。時空を飛翔する大きな大きな翼は人存在と人間の各人の一切すべての所行と所為そして喜びと悲しみを見知っているとすると、黙して語ることはないが、何を思っているのであろうか。

民主思想と民主社会は人存在の互いの自由・平等・公平の有り様を求め実現した社会である。これは現代の人類社会にあるのであろうか。ただ人類人々がめざす人存在と社会であることは分かる。

筆者はこれまでの生涯にあって、真の民主思想を自らの内に秘めて人存在の邪悪をも深く見つめたレマルク、真の民主社会を願ってドイツとその人々の歴史を語ったドイツ歴史教科書に時久しくとりくんできた。そしてこれらと同じ思いでドイツとその人々の諸々の言葉を知りたいと思っていた。

当書は短稿ではあるが、筆者にとってはこれまでの生涯を要した『ドイツ三部作』での最後にあたる。尚付言しておきたいことがある。その言語を主に語る人集団を民族とすると、それぞれの民族には悠久の各歴史がある。当書では敢えてドイツ人がその言語をより自覚する九世紀より語っている。

曾ての人たちの思いと言行、そして歴史の事跡と事実を語ることは、これまでの人たちの思い・言行と歴史の事跡・事実を現代と将来の世にも蘇生し復活させることである。そして同時にこれらの諸事に係わって学び研究している人たちと、記録として残すべき書として労苦をいとわない刊行者の所在。これらの方々のすべてに「御敬意申しあげます」の言葉では言い尽くせない深い感謝の思いがある。

最後に申しのべたいことがある。当稿は時久しい歳月、いつか形成したいと思い続けていた。何よりも過去と現代だけでなく将来未来をもみすえたいとしていた。そして何とか稿ができあがった。当書は人類人々の言葉を絶する各個人の肺腑の底よりの言葉と歴史の現しである。書が一般に求められるおもしろさとかエンターテイメント性とかの所在は当書にははたして……と思われる。書は本来人にむけて記録し伝えのこすべきことを著している。誰かがこの所為をなす。石に刻字するのであれ皮に垂字するのであれ紙に書字するのであれ、人が一字一句と記している。近世、否近代になるまで、書はいずれも刻字であれ垂字であれ書字であれ一書としてもわずかの部数である。印字する人も読む人も一字一句を考えそして読む。この意味で近代・現代の活版印刷術とパソコン印字の進展はまことに有り難い。如何なる書も斉しく人にゆきわたる。

当書は一字一句、人の思いと事実を大切にしている。一日に一つの詩歌或いは一つの言葉にふれて、読まれるお人がその一つの詩歌或いは一つの言葉と対話して、御自身の考えへの聊かでも何らかになりますれば……と。

深く思うことがあり、何とかできあがった当稿を大阪市在の出版社澪標の代表者松村信人様に送った。松村様は当稿を読まれると、ほぼ即刻にちかく「書にしましょう」と御返事なされた。まことに有り難く感謝に堪えない思いである。

当書にあらわれる多くの登場の方々も松村様と澪標に笑みをたたえているように思えてならない。

松村さん、まことに深甚御感謝申し上げます。

小倉 正宏（おぐら まさひろ）

1946年生まれ
1970年　京都大学独文科卒　ドイツ文学研究者・劇作家

執筆作品

訳書　『ドイツの歴史・現代史・ドイツ高校歴史教科書』（明石書店）
　　　『生命の火花・ドイツ強制収容所の勇者たち』（レマルク原作。彩流社）

評論　『光と闇・我らが世紀』（三一書房）
　　　『アメリカ合州国そして日本とドイツ』（健友館）
　　　『護憲の論理・18のポイント』（三一書房）
　　　『永遠の人文作家レマルクと現代ドイツの基本法並びに歴史教育』（イリプス）
　　　『近現代の民主主義の本義と日本の孤立的特性』（イリプス）
　　　『稿「戯作」』（第 29 回関西文学賞最終候補作品。『劇作抄』として奈良日日新聞連載。鶴屋南北を中心に据えた歌舞伎・文楽の論考）。他。

編著書『人類人々の喜びと悲しみの409の詩歌・言葉―ゲーテ・モーツァルト・ベートーヴェンからヒトラー、そしてヴァイツゼッカー・コール・現代へ―』（澪標）

詩集　『アモール』（翠出版）

随筆　『麦笛』（岡山県赤坂町広報誌年間連載）他。

劇作　『七条大宮月照白骨期（しちじょうおおみやげっしょうはっこつき）』（第56回コスモス文学新人賞。平安期の零落故の悲恋話）
　　　『近江国安義橋夜話（おうみこくあきばしやわ）』（第59回コスモス文学奨励賞。平安期の鬼女と武士の凄絶恋話）
　　　『西海瀬戸篝火星月夜（さいかいせとのかがりびほしづくよ）』（第60回コスモス文学新人賞。一の谷後の平知盛を描く）
　　　『鹿鳴吉野滝水音（ろくめいよしのたきのみずおと）』（第19回コスモス文学賞。色に弱い医師（くすし）の滑稽情話）
　　　『蕉翁譚闇蛍乱舞（しょうおうたんやみのほたるのみだれまい）』（第78回コスモス文学新人賞。芭蕉を慕う江戸期人の旅話）
　　　『平家語妹尾太郎兼康（へいけがたりせのおのたろうかねやす）』（第20回コスモス文学賞。源平双方から敬慕された武将話）
　　　『応仁色道記（おうにんしきどうき）』（第26回コスモス文学賞。色に生涯を生きた嵯峨野の庵の老女話）
　　　『星辰闇夜昭和伝（せいしんあんやしょうわでん）』（第28回コスモス文学賞。激動の昭和時代を描く）
　　　『曳光世話記（えいこうせわき）』（第30回コスモス文学賞。生き辛い平成時代と人の光輝を描く）
　　　『永遠の架け橋（えいえんのかけはし）』（私家版。国際社会、殊に困難な日中間での人存在の事実話）

人類人々の喜びと悲しみの四〇九の詩歌・言葉

二〇一八年七月十日発行

著　者　小倉正宏
装　幀　森本良成
発行者　松村信人
発行所　澪　標　みおつくし
大阪市中央区内平野町二 - 三 - 十一 - 二〇二
TEL　〇六 - 六九四四 - 〇八六九
FAX　〇六 - 六九四四 - 〇六〇〇
振替　〇〇九七〇 - 三 - 七二五〇六
印刷製本　亜細亜印刷㈱
DTP　山響堂 pro.